FREE HUGS!

桑原功一

フリーハグ!

KUWABARA KOICHI

日本図書センター

はじめに

いきなりですが、みなさん、「フリーハグ」という言葉を聞いたことがありますか？　僕は10年間、アジア各国を回って、このフリーハグという活動を続けてきました。

フリーハグについて話す前に、まずは、この本を手に取ってくれたみなさんに、僕の簡単な自己紹介から始めようと思います。僕の名前は桑原《くわばら》功一《こういち》。群馬県で生まれ育ち、子どものころから世界を冒険することを夢見て生きてきました。高校を出たら大学へ、大学を出たら就職——といったような、決められたルールどおりの人生を歩んでいくことに、どこか窮屈さを感じていました。

だから、大学を卒業したあとも会社に入ったりせずに、アジアやオーストラリアなど、あちこちの国々を放浪して過ごしました。そして、世界各国の人々と知り合い、いろいろな考え方や人生に触れていくうちに、僕はフリーハグという活動を始めてみようと思い至ったのです。

さて、このフリーハグ。いったいどんな活動だと思いますか？　もしかしたら、インターネットの動画などですでに見たことがあるという人も、いるかもしれませんね。

「フリー」は「自由な」、「ハグ」は「抱擁」。つまりフリーハグとは、見知らぬ人々と「ただハグする」という活動です。

「なんだそれ？」と思った人もいるかもしれません。もう少し詳しく説明すると、「ただハグする」だけではなくて、自分が抱いている思いや考えをボードなどに書いて、手に持ったり、そばに立てかけたりしておく。そして両手を広げて立つのです。

僕の前を通りがかった人は、「なんだろう？」って不思議に思いますよね。不思議に思った人の多くが、ボードを読んでくれます。そして、もし僕の思いや考えに共感できたら、両手を広げて立っている僕のことをハグしにきてくれます。僕はただ、それを待つのです。

それがフリーハグです。

見知らぬ人とハグをするなんて、なんだか恥ずかしい——そんなふうに思う人が多いかもしれません。10年間続けている僕だって、いまでもちょっと恥ずかしく思うときがあるぐらいです。特に日本人は「見知らぬ人と抱き合う」という風習になじみが薄いため、よけいに恥ずかしく感じてしまうのかもしれません。

でもハグをすると、抱えている思いや考えは、それが明るいものであれば大きくふくらみ、それが苦しみや悲しみであればやわらぐ気がするのです。とても不思議なことですが、僕は活動を通じて、それを強く実感しています。

僕がフリーハグをするのはいつも海外です。言葉の通じない外国の人たちに思いが伝わり、その思いを共有することができたときは、ほんとうに嬉しくなります。泣きそうになることもあります。

そもそもフリーハグは、いまから約20年前にアメリカで始まり、インターネットの普及で世界じゅうに広まりました。「戦争反対」「世界平和」といった、大きなテーマを掲げる人もいれば、「僕は地方から東京に出てきて新聞配達をやっていますが、いつもどこかで孤独を感じています。それでも人を信じたい。共感してくださる人はハグを！」といったような、個人的な思いを掲げる人もいます。ちなみにその新聞配達の男の子は、東京・渋谷駅のハチ公前広場で実行し、じつに多くの人たちにハグされて励まされ、笑顔を見せていました。

僕がフリーハグをするときには、いつもこんな思いを掲げています。

たとえ「国」と「国」とがいがみ合っていても、
「人」と「人」とが嫌い合っているわけではない。
それぞれの国に、相手国との友好を願う多くの人々がいる。
私はみなさんを信じています。

みなさんも私を信じてくれますか?

もしそうなら、Ｇｉｖｅ ｍｅ ａ ＨＵＧ！

僕はこの思いで、アジア各国の街なかで立ち続けてきました。

これまでにフリーハグを行ってきた場所は、韓国、中国本土、台湾、香港、モンゴル、フィリピン、マレーシア、シンガポール、インドネシア、タイ、ラオス、ベトナム、ミャンマー、カンボジア、ネパール、インド、バングラデシュ、スリランカ……18カ国・地域で約40回にわたります。

どの場所でも、最初はいぶかしげに眺めていた人たちが、僕のメッセージを読み取って、次々にハグしてくれるようになります。僕はこのフリーハグ活動の様子を動画サイトに投稿し続けてきました。そして、いまでは世界じゅうの人々に視聴され、再生回数は数千万回にのぼっています。

僕が動画を公開するたびに、動画を見た人たちからは、いろんな意見が沸き起こります。政治的な問題と絡めて批判する人や、感情的に攻撃する人もいますが、「感動しました」「涙が出ました」という意見をいただくことも、とても多くあります。フリーハグをした現地の人たちだけでなく、いろいろな国の人たちから、いろいろな意見をもらいます。

僕の思いが世界じゅうに伝わっている……そう感じるたびに、胸が熱くなります。僕の活動に共感して手伝ってくれる人や、「自分もフリーハグをやりたい」と名乗り出る人が現れて、心強く思うこともあります。

ひとりでもできる、だれでもできる、どこでもできる、言葉はいらない。それがフリーハグです。思いは簡単に国境を越えて、人と人とをつないでいきます。

いまから書き記すのは、僕がこれまでに活動してきたフリーハグのこと、それからフリーハグを始めるまでに僕が抱いてきた葛藤や思い、大切な仲間たちと出会って発見したことについてです。

みなさんがもし、毎日の暮らしで悩みを抱えていたり、将来の道について悩んでいたりするなら、「こんな人生を送っている人もいる」ということを思い出してくれたら、ちょっと心が軽くなるかもしれません。

もちろん、僕にだって悩みはいろいろあります。でも、僕をハグしてくれた、世界で出会った人々のことを思い起こすたびに、僕自身が励まされ、とても前向きな気持ちになれるのです。

コロナ感染が拡大し、いまはフリーハグの活動ができません。でも僕は、「人と人とはわかり合える」ということを信じ、忘れずに生きていきたいと考えています。この本を読んでくれるみなさんにも、僕の思いが届けば嬉しく思います。

桑原功一

CONTENTS

KUWABARA KOICHI

桑原功一 History!

まずは、僕の人生のあらすじを紹介します。
世界地図を見ながら読むのがオススメです！

1984~

群馬県で誕生

- 群馬県伊勢崎市で生まれ、高校時代までを過ごす。

▶▶▶ 第2章

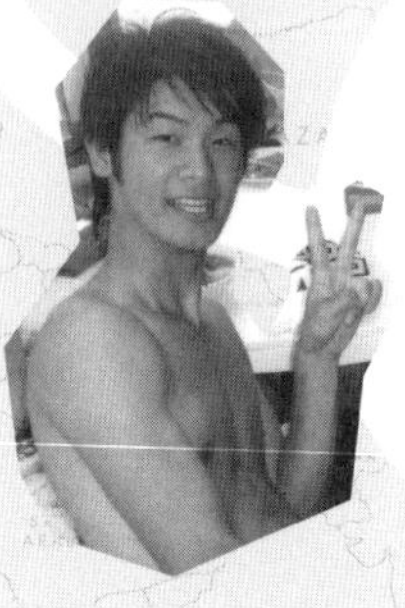

2003~

東京生活スタート

- 大学受験に成功し、東京・八王子へ。
- 大学2年のときにインドへ短期語学研修で行ったのが、最初の海外体験となる。
- 大学卒業後、アルバイトをかけ持ちして海外渡航資金を貯める。

▶▶▶ 第3章

2008~

海外放浪の旅へ

- 2008年、フィリピンの語学学校に留学。韓国人留学生と交流し、影響を受ける。
- 2009年、オーストラリア縦断の自転車旅行を敢行。
- マットさんの動画と出会う。

▶▶▶ 第4章

シルクロードの旅をスタート

- 11月、中国・西安からシルクロードの旅をスタート。旅のなかでキムくんと出会う。翌年7月、イタリア・ナポリで旅を終える。

▶▶▶ 第8章

初めてのフリーハグ

- 8月、韓国のソウルで初めてフリーハグを敢行。動画配信する。

▶▶▶ 第7章

2011

東日本大震災と「台湾謝謝」

- インド、タイなどの東南アジアを旅するなかで、3月、東日本大震災発生。台湾に義援金の感謝の気持ちを伝えて回る「台湾謝謝」を動画配信し、現地メディアに取り上げられるなど大きな反響を呼ぶ。

▶▶▶ 第6章

2010

西安で反日デモを目撃

- シルクロードを旅するため、中国・西安へ。しかし言語の壁に阻まれ断念。西安の語学学校で中国語を学ぶ。
- 西安滞在中に反日デモを目撃。強いショックを受ける。

▶▶▶ 第5章

2012
フリーハグ動画がバズる

- 8月、日韓関係の悪化をきっかけに、初めてのフリーハグの動画再生回数が激増する。

▶▶▶ 第9章

2013~2014
アジア各国でフリーハグ

- 「東アジアの平和のために、フリーハグをしたい！」というメッセージを掲げ、クラウドファンディングに初挑戦。支援金を集め、台湾・台北、中国・南京、韓国・釜山でフリーハグを行う。（以降、2019年までアジア各国を旅しながらフリーハグを行い、動画を配信し続ける）

▶▶▶ 第9章（南京でのフリーハグ）

2015
韓国人フリーハガーと出会う

- 日本でフリーハグをしたいという韓国人のスヨンさんと出会う。翌年にかけ、その活動に協力する。

▶▶▶ 第10章

2020
コロナ禍、新動画シリーズを開始

- 新型コロナウイルスが世界を襲う。世界５大陸でのフリーハグを延期し、「人類.vsシリーズ」と名付けた動画配信を開始する。

▶▶▶ 第11章

反・日本政府デモの横でフリーハグ

- 8月、韓国・ソウルにて、反・日本政府デモのすぐ横で目隠しフリーハグを行う。のちに日韓両国で大きな反響を呼び、民放各局や大手新聞など、さまざまなメディアから取材を受けることになる。

▶▶▶ 第１章

2019
再度クラウドファンディング

- 「世界５大陸で平和のためにフリーハグをしたい！」というメッセージで、ふたたびクラウドファンディングを実施。多くの支援を集める。

▶▶▶ 第11章

第1章

ソウル光化門、2019年8月

KOREA/2019

韓国／2019年

背筋を伸ばし、両手を広げる

真夏の日射しが少しだけやわらぎはじめた、ある夏の夕方。僕は「光化門《クワンファムン》広場」の一角に立っていた。

２０１９年８月、韓国の首都・ソウル。人口約９７７万人を抱える大都会のちょうど真ん中に、光化門はある。それは、東京でいうところの日比谷公園といった感じの場所で、まわりには大きな会社や官公庁のビルがそびえ立っている。実際に「光化門」という大きな門があって、門の向こう側には、かつて朝鮮王朝の王宮だった「景福宮《キョンボックン》」という広大な宮殿が広がっている。

広場の両脇は、片側６車線もある広大な通りになっていて、バスや車がひっきりなしに行き交っている。

だがその日は、車の騒音なんかまったく聞こえないほど、耳をつんざくような怒声が周囲に鳴り響いていた。

「韓国政府のGSOMIA《ジーソミア》※1破棄を支持する！」

第1章

ソウル光化門、2019年8月

「日本は元徴用工[※2]への賠償をしろ！」

空を飛び交う鳥たちも驚くような大音量の主張が、拡声器でくり返され、そのたびに５００人を超す市民たちがシュプレヒコールを上げていた。広場の芝生に座っている彼らが手にしているのは、ハングル（韓国語の文字）で「ＮＯアベ」と書かれたプラカードだ。集会は、日本政府の対韓政策に抗議するデモなのだ。

僕は広場に到着すると、彼らの集会の真横に立った。いつもの白いＴシャツに、黒いアイマスク。視覚は完全に遮断され、どんな人が近づいてくるかもわからない。

両手を広げ、背筋を伸ばした。

僕のすぐ横には、僕が伝えたいメッセージを書いたボードが立ててある。ボードにはこんな文言を書いた。

私は日本人です。
いま、ＮＯアベ集会が行われています。
日本ではこれが「反日デモ」と報じられ、

韓国人は日本人のことが嫌いなのだと思ってしまう人もいます。

しかし、私はそうは思いません。

日本には、日韓友好を願う多くの市民がいます。

韓国にも、日韓友好を願う多くの方がいると思っています。

私はみなさんを信じています。

みなさんも、私を信じてくれますか？

もしそうなら、ハグを。


僕の真横では、強い口調でデモが行われている。

アイマスクをしているので僕の視界はまったく遮られているが、その声で、市民の数、そして怒りのエネルギーがどんどん集まってきているのがよくわかった。

フリーハグは、これまであちこちの国々で行ってきた。韓国でも、何度もやったことがある。けれど、反・日本政府デモの真横で行うというのは初めてだ。今回は、ともすれば身の危険がふりかかる可能性だって否定できない。

ほんの少し、手先が震えた。でも、すぐに強い気持ちで思い直した。大丈夫。きっと思いは伝わるはずだ。

同じ思いを持つ仲間たち

数メートルほど離れた場所で僕を動画に撮ってくれているのは、趙《チョ》時《シ》熙《ヒ》さんだ。彼は僕より10歳ぐらい年上の韓国人で、かつて東京に住んでいたことがある。

チョさんのことについてちょっと説明すると、彼は、学生時代に観光で日本を訪れ、日本のことが大好きになった人だ。その後、早稲田大学に留学して日本の会社に就職。いまでは日本人の女性と結婚し、ふたりの子どももいる。

でも、日韓関係がどんどん悪くなっていくのを、とても不安な思いで見守っていたそうだ。

特にチョさんがショックを受けたのは、２０１４年のこと。子どもたちに韓国語を勉強してもらおうと、東京にある東京韓国学校に入学させようとしたときに、校長先生からこんな言葉をかけられた。

「子どもの安全のためにも、学校のそとでは韓国語をあまりしゃべらせないでください」

これを聞いて、チョさんはすっかり落ち込んでしまった。

そんなときにインターネットで僕のフリーハグの動画を見たそうだ。彼はすぐさまダイレクトメッセージを送ってくれた。

「なんとか日韓が手を取り合えないか。

僕が手助けできることはないか。

そんなことを考えていたときに、
桑原くんのフリーハグの動画を見て感動したんです」

直接会って話をしよう、ということになった。新宿の喫茶店で初めて会ったときには、大いに盛り上がったのを覚えている。


日韓関係が急に冷え込んだのは、それから4年ほど経ったころのことだった。

長年横たわっていた徴用工の問題が再燃し、それが安全保障や経済の分野にも飛び火したのだ。韓国はＧＳＯＭＩＡの破棄を宣言。国のあちこちで日本政府の対韓政策に抗議するデモが行われるようになっていた。

僕はその様子をテレビやネットの報道で知ると、すぐに「あそこでフリーハグをしよう」と決めた。そしてチョさんにメールを送った。

「いまこそ光化門広場でフリーハグしようと思うんです」

するとチョさんからはこんな言葉が返ってきた。

「桑原くんなら、そう言うと思っていたよ。撮影を手伝わせて。大丈夫、安心して！」

仁川《インチョン》空港に降り立ち、僕はチョさんと合流した。

フリーハグ決行の当日、僕たちがまず向かったのは、ソウル市西郊の学生街・新村《シンチョン》だった。

じつはこの数日前、ここ新村のすぐ近くの街では日本人観光客への暴行事件が起きていた。10代の日本人観光客の女性が、道で声をかけてきた執行猶予中の30代の男に、日本人を侮辱する言葉をかけられ、髪の毛をつかまれたあとに地面に殴りつけられ、顔面を蹴られたのだ。そんな痛ましい事件が日韓両国で広く報道され、緊張は極度に高まっていた。

新村の街に着いた僕らは、まず印刷屋へ向かった。フリーハグをする横に掲げるボードをつくるのだ。書き込む内容はどうしようか。韓国の人たちに、より正しく伝わる文章はどんなものか。ふたりで真剣に考えた。ひとつひとつの単語を時間をかけて選び抜き、文章の流れを丁寧につくっていった。

セルフサービスの店なので、店長に印刷機の使い方を教えてもらってから拡大コピーを始めた。すると、背中に視線を感じた。店長が、興味深げに僕らを眺め続けていたのだ。

チョさんは店長に言った。

「彼は日本人で、これから光化門にフリーハグに行くんです」

印刷中の文章をじっくり読んだ店長は、にっこり笑顔を見せてくれた。そして、紙をボードに貼り付ける作業を手伝ってくれた。

チョさんと店を出るとき、店長はこんな言葉をかけてくれた。

「ファイティン！（がんばれ！）」

僕は信じる、思いは伝わる！

いよいよ光化門広場に到着した。広場にはすでに２００人前後のデモ参加者が集まっていた。「思ったより少人数なのかな？」と思っていたそばからどんどん増え、あっという間に５００人を超えた。

僕らは彼らの真横に陣取った。この場所なら、デモ参加者たちの様子が動画にしっかり写るし、僕の思いは伝わるはずだ。持参したカメラの使い方をチョさんに伝えていく。

そして僕は、日本から持ってきたアイマスクを手に取った。

ときどき、「なぜ目隠しをして、わざわざ視界をふさぐのか」と聞かれることがある。アイマスクをしていると、まわりの人たちからの注目がさらに集まるようになって、かたわらに置いたメッセージを読んでくれる人が増えるのだ。メッセージさえ理解してもらえれば、一歩踏み出してくれる人もきっと増えるはず。そう僕は信じているのだ。

目隠しをする直前、僕はチョさんにこう伝えた。

「もし殴りかかる人がいても、放っておいてください。ただ、刃物が出てきたら、そのときは助けてください」

こうしてソウル光化門広場、反・日本政府デモの真横でフリーハグは始まった。僕はソウルの空に向かって、両手を広げた。僕はみんなを信じる。ただそれだけを思い続けた。

開始直後から、何人もの通行人たちが足を止め、ボードを読んでくれた（これはあとで動画を見てわかったことだ）。文字を読み、目隠しをして立つ僕のことを好奇の目で眺める人。反・日本政府デモの横に日本人の僕がひとりで立つという異様な光景に、ギョッとした表情を浮かべる人。「ＮＯアベ」のプラカードを掲げながらも、僕の動向から目が離せない様子の集会参加者……。

視界は遮られていたけれど、たくさんの人が通りすぎ、デモの参加者が増え続けていることを、僕はハッキリ感じていた。経験したことのない物々しい雰囲気に、僕の神経は張り詰めていた。

両手を広げてから数分ほど経ったころだろうか。僕は、ふと気配を感じた。だれかがいる？　僕の肩のあたりと、腰のあたり……ふたり……？

その瞬間、大きい人と、小さい人が、僕のことを次々と、ぎゅっと抱きしめた。

この日最初のフリーハグだった。張りつめていた僕の心が、その瞬間、一気にやわらいだ。

「カムサハムニダ（ありがとうございます）！　カムサハムニダ！」

僕は片言の韓国語で、お礼の言葉をくり返した。ふたりは照れているのだろう、どこか遠慮がちに、でも「思いは同じだ」ということが伝わるようにしっかりと、僕の全身を抱きしめてくれた。

やった！　僕のメッセージに共感してくれる人が、ここにもいたのだ！

すると、立て続けにもうひとり、ハグをしにきてくれた。さっきのふたりを見て、一歩を踏み出してくれたに違いない。

「カムサハムニダ！」

僕は心からそう伝えた。

それからは、手を下ろす暇もないほどに、みるみるハグをしてくれる人々が増えていった。

強く抱きしめてくれる人。ポンポンと、背中を叩いてくれる人。片言の日本語で「ありがとう」と言いながらハグしてくれる人。僕の肩を揺さぶるようにして、強い思いを伝えてくれる人。ふたり連れのカップル……。ありとあらゆる世代の人たちがハグをしてくれた。水の入ったペットボトルを差し入れてくれる子もいた。

「あなたはほんとうに日本人ですか？」

僕の耳元に、日本語で尋ねる男性の声がした。僕は一瞬だけ体をこわばらせたが、

「そうです。私は日本人です」と答えた。すると彼は、英語でこう囁いた。

「Ｙｏｕ ａｒｅ ａ ｂｒａｖｅ ｍａｎ！（あなたは勇者だ！）」

そして、僕を抱きしめてくれた。

彼は「ＮＯアベ」のプラカードを持ったまま、僕をハグしてくれた。そしてプラカードを持っていないほうの手で握手までしてくれた。

ハグをしてくれた人のなかには、涙目になりながら、僕を抱きしめてくれる人も多かった。僕を長い時間抱きしめしながら、思いを体全体で伝えてくれた。

次々と続くハグの波は、僕を強く励まし続けた。

チョさんは目頭を熱くさせながら、ひたすらカメラを回してくれた。身の危険など杞憂だった。

チョさんは、万が一だれもハグをしてくれなかった場合を考えて、「サクラ」として家族を連れてきてくれていたのだが、彼女たちの出番がないほど、ハグしてくれる人が相次いだ。

強く激しい怒声が、相変わらず、広場じゅうに響きわたっている。

「日本は元徴用工への賠償をしろ！」

「韓国政府のＧＳＯＭＩＡ破棄を支持する！」

なぜこれほどの嫌悪感、敵意、抗議の感情が渦巻くのか――そう思わずにはいられないほど、怒声は激しく厳しかった。

いま、ここ光化門広場には、日本政府の姿勢に抗議する人たちが、大勢集まっている。韓国の人たちの強い思いややり場のない感情が、大きなうねりとなっている。

それでも僕はいま、自信をもって言える。

たとえ国と国とがいがみ合っていても、
その国に住む人たちのことまで嫌いなわけではない。
政府の主張がどんなに異なっていようと、
人と人とは、きっとわかり合える。

僕が信じてきたことは間違いじゃなかった。いまこの光化門に集まっている人のなかにだって、同じ思いを持つ人がたくさんいる。

フリーハグをしている最中に、こんなことがあった。

KBS（韓国放送公社）の記者が僕を取材してくれたのだ。

その若い女性記者は、僕のフリーハグの様子をしばらく見たあと、「どうしてこの活動をしているのですか？」と聞いてきた。僕は日本語でこう答えた。

「日本の政治に対して意見がある韓国人はたくさんいるかもしれないけれど、日本人を嫌っているわけではない。それを証明したくて、この活動をしました」

朝鮮半島の夏の日暮れは、日本列島よりほんの少し遅い。撮影がこれ以上続けられないほどに暮れた時点で、僕らはフリーハグを終えた。

数えきれないほどの人たちが、僕と思いを分かち合ってくれた。チョさんは笑顔で言った。

「この達成感、言葉ではなんともいえない！」

僕も高ぶる気持ちで胸がいっぱいだった。たくさんの人としたハグの記憶は、体じゅうにしっかり残っていた。僕は自分の思いを彼らに伝え、そして彼らも彼らの思いを僕に伝えてくれたのだ。

大仕事が終わったような気分だった。

「さあ帰ろう！」

歩きはじめると、デモを終えて光化門周辺を行進していた参加者たちに遭遇した。一瞬身構えたけれど、彼らは意外にも笑顔で声をかけてきた。彼らがなんと言っているのかは聞き取れなかったけれど、善意がその表情から強く伝わってきた。

言葉はいらなかった。大げさだけれど、心と心とが通じ合い、国境を越えてつながり合ったような気持ちになった。

近くの焼肉屋さんでチョさんたちと打ち上げをしていたら、ＫＢＳの「9時のニュース」が店内に流れた。そして、あの日本人観光客暴行事件のニュースのあと、なんと僕らのフリーハグの様子が画面に映ったのだ。

先ほどまでずっと聞き続けた、日本政府の姿勢を糾弾する激しい声、声、声。そのなかで目隠しをして立つ僕の姿が現れた。女性記者が早口の韓国語で僕のことを紹介している。

チョさんは笑顔で、「いまテレビに出ているの、この人です！」と、焼肉屋さんの店内じゅうに響き渡るほどの大声を張り上げた。その瞬間、その場にいたみんながびっくりしてテレビのほうを見た。

テレビ画面には、僕がインタビューに答えているところが流れている。

「日本人を嫌いなわけではない。そう信じてこの活動をしました」

番組は、涙を流しながら僕をハグしてくれた人、デモ参加者でありながらハグしてくれた男性なども紹介した。男性は記者に対してこう答えていた。

「人が憎いのではありません。日本人だからといって特別に憎んだりとか、そんなことはありません。両国の市民同士は、ちゃんとした正しいことに、一緒に向かっていかなければなりません」

KBS
인들이 많이 있는지 몰라도
것을 증명하기 위해서
HUGS

쿠와바라 코이치 일본인
일본에 대한 다른 의견을 가지고 있는 한
(한국인이) 일본인을 싫어하는 게 아니
기획을 하게 됐습니다.

記者はニュースの終わりに、こう結んだ。

「日本政府に対する市民の怒りは相変わらずでしたが、両国国民のあいだの友情が変わらないことを願う心は、おたがいに違いはありません」

焼肉屋さんのお客さんのなかには、韓国人だけでなく、中国人観光客も多かった。でも、どの国からきた人も、お客さんも店員のおばちゃんも、みんな、笑顔に包まれた。

その夜、僕たちはみんな笑顔で、みんな一緒に、焼肉屋さんのモクモクとした煙に包まれていた。

※１ ＧＳＯＭＩＡ　日韓の軍事情報包括保護協定。主に北朝鮮の核・ミサイルに関する情報共有を行ってきた。２０１６年11月の締結以来、１年ごとに自動延長されてきたが、２０１９年８月23日に韓国側は協定の破棄を通告。アメリカが強い懸念を表明したため、破棄は踏みとどまることになった。

※２ 元徴用工　第二次世界大戦中の日本統治下に、日本本土に動員された労働者。募集、官斡旋、徴用と形式を変えながら、日本は国策として不足した労働力を朝鮮半島から補った。

僕をつくった子ども時代

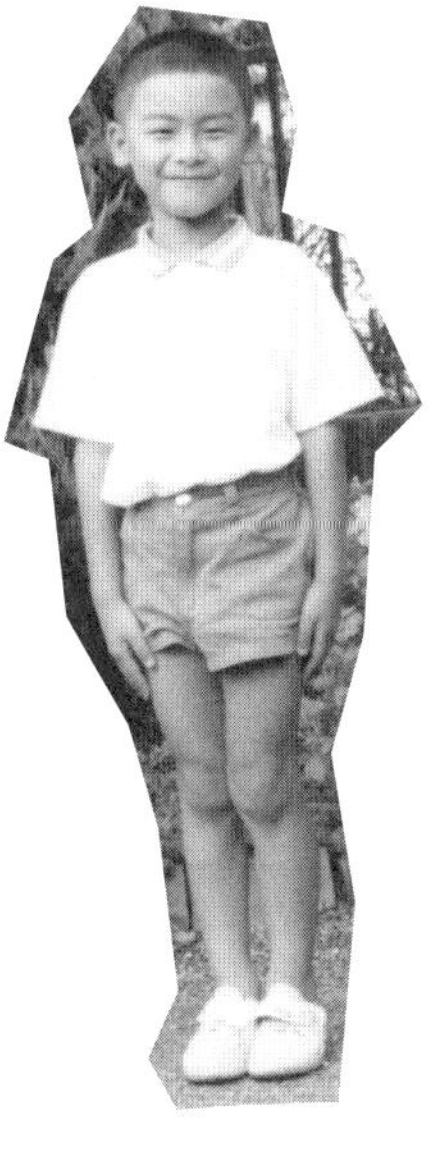

第2章

群馬／1984～2003年

GUNMA/1984-2003

伊勢崎市から世界を夢見る

僕は１９８４年、群馬県の伊勢崎市というところで生まれた。

１９８４年といえば、マイケル・ジャクソンのグラミー賞8冠で世界じゅうが沸き、ロサンゼルスでオリンピックが開かれた年だ。そして、僕の尊敬する冒険家・植村直己さんに国民栄誉賞が授けられたのも、この年のことだった。

伊勢崎という街は、群馬県の南東にある、中ぐらいの大きさの都市だ。江戸時代には織物、戦後は工業都市として栄え、はるかに山並みをあおぐ街の中心部には、計画的に整備された街並みが広がっている。

こう言うと、どこにでもある街に見えそうだけれど、ほかの街とはちょっと異なる特色が、伊勢崎にはある。それは、とっても多くの外国人が移り住み、日本人と一緒に働いているということだ。

人口統計の資料をみると、群馬県は47都道府県のなかで6番目に外国人居住者が多く、とりわけ伊勢崎市は、ブラジルなどから移住してきた人が多く住んでいる。

市内にはブラジル料理店や中南米の店が点在していて、僕の通っていた小学校では、クラスに少なくともひとり、ふたりは必ず外国人の生徒がいた。僕の通学路にも、日本人と外国人が一緒に働く工場が多くあった。

「この人たちは、地球の裏側からやってきているんだ」

そう思うと、子どもの僕はとても感動した。そしていつからか、彼らに会うたびに、積極的にあいさつをするようになった。たとえば学校に通う途中、彼らが働く工場の敷地内を通る近道がある。すれ違う彼らに僕は日本語で話しかけた。

「おはようございます！」

するとみんな、とても喜んで言葉を返してくれた。なかにはお小遣いをくれる人もいた。

僕の想像はふくらんだ。自分の国を飛び出してわざわざ日本に来るなんて、きっとめちゃくちゃお金持ちなんだ。家族はどうしているんだろう。家族と離れて地球の裏側で暮らす気持ちって、どんなものなんだろう。興味は尽きなかった。

身のまわりに「世界」とか「地球」とかをイメージする環境が広がっていた。伊勢崎で育った経験は、僕が最初に世界に目を向けるきっかけをつくってくれた。

当時の僕はどちらかというと内気な少年だった。

僕の家族はサラリーマンの父、専業主婦の母、祖父、姉、妹、僕という6人構成。典型的な「昭和の日本の家族」といった雰囲気で、個性を発揮するよりも、まわりと足並みをそろえることのほうが尊ばれるような、平凡で堅実な家庭だ。

そんな環境で育ったせいもあってか、学校でも目立つことは避けていた。たとえば先生がなにか質問をしたとき、僕は、答えがわかっても手を挙げなかった。なにごとも笑ってごまかすタイプで、「笑顔でいればなんとかなる」と思い込んでいた。ムカつくことや傷つくことがあっても、トラブルからはできるだけ距離を置いて、ただニコニコし続けていた。

そんな僕に転機が訪れたのは、中学校3年生の2学期のはじめの日だった。突然、学級委員に推薦されたのだ。

その時期になると、みんな受験勉強を意識しはじめ、面倒くさいことは避けるようになる。学級委員なんていうポストには、だれも立候補しようとしない。手を挙げる人がいなかったため、「では、推薦で決めよう」ということになったのだ。

このとき、だれかが言い放った。

「桑原くんがいいと思います！」

クラスでいちばん人気だった生徒は、すでに1学期、学級委員を務め終えていた。

それまでの僕なら首を横に振っただろう。でも、このときの僕はとっさに答えた。

（えっ！　その次に僕？）

「学級委員、僕、やります！」

引き受けたのには、じつは理由、というか打算があった。

僕は中学に入学して以来、部活でソフトテニスに打ち込んでいた。そしてその中3の夏、市の大会で優勝を勝ち取った。ところが、先に進んだ県大会の団体戦で、相手チームの圧に押され、力が発揮できなかった。僕のせいで負けてしまったのだ。

その日を境に、僕はあらゆることに対してやる気をなくしてしまった。勉強が手に付かなくなり、家に帰ったとたんベッドに倒れ込むような、寝てばかりの生活になった。脳裏には、いつも同じことばかりが渦巻いていた。

「ああ、俺ってダメな人間なんだ……」

こんな状態では、高校受験にも差し障りがある。だけど勉強はもうむり。身が入りそうもない。どうしよう。それで、こんな答えを出したのだ。

「……内申点を上げるしかない！」

1、2年生のときから比較的まじめだった僕は、内申点は悪くなかった。部活で失敗し、受験勉強にも身が入らなくなってしまったいまとなっては、内申点だけが最後の頼みの綱だ。もう、内申点を上げるしかない。そして勉強せずに推薦合格を勝ち取るのだ。

では、そのために最も効果的な近道はなにか？　そう、学級委員になるのだ！

僕は学級委員になる以外にも、ボランティア活動に出かけるなど、先生の印象を上げるためにいろんな努力をした。そのおかげで（？）内申点は順調に上がり、ついに推薦入学で高校に進学することができた。

将来就きたい職業を考える

新しい環境、新しい友人関係のなかで高校生活が始まった。僕は決心した。

「ネガティブな自分はもうやめよう！」

僕は「いざというときに力を発揮できないダメな自分」と決別したかった。それで、心を入れ替え、積極的な人間になることにしたのだ。

まずは手始めに、得意を武器に硬式テニス部に入部。

ところが僕はすぐにイヤになってしまった。軟式と硬式では、想像以上に勝手が違っていたのだ。思うようにボールをコントロールできない。中学では市でトップを取ったのに、先輩たちは全然チヤホヤしてくれない。やめよう。やめてしまえ。

僕は、たった1カ月で退部届を提出すると、次に吹奏楽部の門を叩いた。

じつは、こんなふうに変わり身の早いところは、いまの僕にもつながっている。

「あ、むり。続けられない。ここは居心地がよくない」

やってみて「合わない」と思ったらすぐ逃げる。躊躇はしない。「石の上にも三年」ということわざがあるが、僕はそんな考えはあまり好きじゃない。僕にとって最も大切なことは、居心地のよさだ。この方針はずっと変わらない。

吹奏楽部では、トランペットを担当した。その吹奏楽部は大編成でコンクールを目指すのではなく、観客と一体になって音楽を楽しむようなビッグバンドを志向していた。このころ僕は、関西の「ブラック・ボトム・ブラス・バンド」という楽団に魅了されていて、自分も彼らのようになりたいと思ったのだ。

僕らが演奏をすると、聞いている人たちはみんなが幸せそうな顔になった。

「自分が演奏する音楽で、こんなふうに聴く人を幸せにできるんだ！」

自分の体を使って表現すると、それが相手に伝わって感動が広がる――そんな快感を知ったのが、この吹奏楽部での経験だった。

高3になり、進むべき道を考えなければいけない時期になった。

僕は、中3の夏に抱いていた、あの鬱屈した気持ちを思い返すようになった。

テニス部の県大会に敗れてふさぎこんでいたとき、僕の気持ちに寄り添ってくれる大人はだれもいなかった。深い悩みを抱えている子どもを、どうしてだれも救ってくれなかったのだろう。僕はあのとき、僕の心の傷に気付いてくれて、そっと導いてくれるような大人がいてほしかった。

いままで、そんな大人が僕のまわりにいたことがあるだろうか。考えてみたけれど、どうしても思い浮かばなかった。

――そうか、だったら僕がそういう存在になればいいんだ。

僕みたいに、部活で挫折した子ども、受験に失敗した子ども、孤独や絶望を抱えている子どもに寄り添ってあげられる先生になろう。人一倍悩んだ僕だからこそ、そういう先生になれる気がする！

僕は、「教師」になるという道を、進路に定めた。

地元の大学にも教育学部はある。でも地元の大学に進んだ場合、おそらく県内の教員採用試験を受けることになるだろう。それだと一生、県境をまたがない人生になってしまう気がした。もちろん、それで幸せを感じる人もいるだろう。でも僕はイヤだ。

広い世界に出ていきたい！

テレビを眺めれば、僕が見たこともないような、広くて素晴らしい世界がいくらでも広がっていた。伊勢崎のそとの世界、そして海の向こうの見たこともない国々、会ったこともない人々……そんなものに出会ってみたかった。

教員免許を取得できる大学をピックアップしていく。そとの世界への第一歩は、やっぱり東京だ。東京なら、きっと無限の可能性が広がっているはずだ。

僕は、東京にあるいくつかの大学を受験し、そしてついに合格通知を手にした。

第3章

ついに、海の向こうへ!

東京・インド／2003〜2008年

TOKYO,INDIA/2003-2008

唯一無二の教師になる!

大学に入学した僕は、新しい生活に胸をふくらませていた。

東京の街は、見るものすべてが輝いて見えた。そびえ立つビル、さっそうと歩く人たちの群れに、心が躍った。この街を中心に日本が回っている。そう感じた。

「人生って意外とおもしろいかも!」

もちろん、浮かれてばかりいたわけではない。教師になるためには、ふつうの学生よりも多くの授業に出て、たくさん単位を取らなければいけない。僕は朝早くから夕方まで授業を受けまくった。

さらに、いくつかのバイトもかけ持ちした。八王子の市立図書館で働いたあとは、急いで学習塾へ行き、塾講師として小中高校生に数学や英語を教える。それが終わると、今度は居酒屋だ。

長い1日が終わって戻る大学寮は10人部屋だ。毎晩語り合い、瞬く間に友達の輪が広がっていった。

周囲の学生たちも、みんなまじめにがんばっていた。計画的に単位取得のプランを立て、まじめに勉強し、将来進むべき教師への道へ向かって突き進んでいた。きっと卒業後にはすぐにどこかの学校に配属され、定年まで教師として働き続けるのだろう。

僕はふと、立ち止まって考えた。あれ、僕はそれでよかったんだっけ？

僕がなりたいのは、子どもの心に寄り添える教師だ。学校の勉強とアルバイト、それだけでほんとうに、自分が思い描くような教師になれるのだろうか。もっと世の中のことを知らなくてはいけないのではないだろうか。

……そんなふうに考えたのには、そのころハマっていた世界一周旅行のブログや、冒険の本の影響もあったと思う。

世の中のことをなにも知らずに教壇に立つのではつまらない。自分の人生経験を子どもたちに還元するのが教師という仕事の醍醐味ならば、僕は若いうちにもっと広い世界のことを知り、それから教壇に立ちたい。そして、僕の見てきた経験をいっぱい語って、「世界はこの教室のそとに、無限に広がっているよ！」と伝えたい。そのほうが、子どもたちの役にも立つはずだ。せっかく教師を目指すのだったら――。

「そうだ、僕はほかのだれでもない唯一無二の教師になろう！　そのためにも、世界を冒険して回り、その経験を伝えるんだ！」

僕はそう強く決心した。


僕が初めて日本を出たのは、20歳のときだ。大学2年の終わり、大学の単位互換制度を使ってインドのデリー大学に短期語学研修へ行けることになったのだ。

この研修は、希望すればだれでも行けるプログラムだった。候補地はほかにもフィリピン、カナダなどいろいろな国があったけれど、唯一無二の存在になるためには、そんなありきたりな国ではダメだ。それで、僕はインドを選んだ。

いまでこそインドは経済大国として世界を引っ張る存在になったけれど、当時の僕のイメージは「秘境の国」だった。ガンジス川では死体が流れる横で人々が沐浴し、街ゆく女性たちはサリーに身を包んでいる。だれもが神に祈り、深い悟りを開いている。そんな国。

きっとすごい体験が待っているはずだ。僕は期待で胸をパンパンにふくらませていた。

僕を乗せた飛行機がインド最大の都市デリーに着陸したのは、夜中のことだった。空港から市内へは、バスで向かうことにした。真っ暗闇の道路を進んでいると、なんだか窓のそとに気配を感じた。目を凝らして見てみると、おびただしい人影が、うじゃうじゃ動いていた。

「え？　ええっ？？　全部、人？　これはヤバい！」

真っ暗な道路に、とにかく大勢の人間がいっぱい歩いている。なんでこんなところに来てしまったんだろう！

僕はあっという間に、恐怖と後悔の念にとらわれて、バスの座席にこわばった体を小さくうずめた。

赤信号でバスが停まると、窓を叩かれた。物乞いが「金をくれ！」と騒いでいる。群馬と東京の世界しか知らない僕は圧倒された。別の星に間違って降り立ってしまったみたいな不安な気持ちに包まれた。

でも、その景色に慣れるうちに、ショックはこんな興奮に変わっていった。

「僕はいま、想像もしなかったようなすごい場所にいるんだ。世界って、マジで広いんだ！」

初めての留学生活は、とても楽しかった。インド人の学生たちはノリがよく、すぐに仲良くなれた。おかげで有意義な時間を過ごすことができた。

インドに初めて降り立った夜に感じた恐怖と後悔は消え去り、僕はすっかりインドを好きになった。初めての海外経験はこうして終わり、僕は無事に日本へ帰ることができた。

「冒険」について考える

東京に戻った僕は、ふたたび授業に精を出しはじめた。でも、理想の教師像に近づくためには、まだまだ圧倒的に経験不足だ。この先どのように「僕」というコマを進めていこうか。

そんなとき、とてもラッキーなことが起きた。

それは、僕が大学3年になった春のことだ。「冒険教育学」というゼミが、学部内に新たに誕生したのだ。

冒険教育学――。日本では聞きなれない学問だ。冒険教育とは「冒険=アドベンチャー」を活用した教育手法のことで、人間形成や人間関係づくりなど、子どもたちの内面の成長を促すことを目指している。

「冒険」という言葉に憧れを抱いていた僕は、その名前に魅了され、迷わずそのゼミに入ることにした。

第1期生として冒険教育学のゼミに所属した僕は、とにかく熱心に、冒険について学び、人生について考えた。あるとき、ゼミの担当教授が言ったこんな言葉を、僕はいまも覚えている。

「俺も、ついこの前まで学生だったのに、一瞬でいまになってしまった。なにもしないと、人生は川のように流れていってしまうぞ。流されないように『杭』を打て。行動を起こして、思い出をつくれ」

〝杭を打て〟という言葉が、頭を離れなかった。

そうか、人生はあっという間なのか。それならば、僕はどうやって、自分の人生に杭を打っていけばいいだろう。

そんなことを考えながら、冒険家が書き記した文章も読みあさった。栗城史多さん、植村直己さん、野口健さん……たくさんの「冒険家の先輩」たちが、僕にヒントを与えてくれた。アドラーなど心理学の本も読んだ。僕は、なにをするために生まれてきたのか。夢中になって研究を重ねた。冒険への憧れの気持ちを理論で固めて、自分の背中を押したかったのかもしれない。

思い起こしてみれば、僕は「人生なんてつまらない」と高校生のころからずっと思ってきた。父から「好きなことだけでは、仕事にはならないよ」と諭され、「それならいったいなんのために生きるのか」と絶望してしまった夜もある。

そんな僕が、冒険教育学に出会ったことで、「どんなにつらい人生が待ち受けているとしても、自分しだいで幸せや喜びはつくれるはずだ」と考えるまでになっていた。

みんなとは違う僕だけの道へ

大学生活のなかで、チャレンジできることは片っぱしから試してみた。教育実習へ行き、幼稚園、小学校、中学校、高校と、4つすべての教員免許を取得した。サークルで和太鼓の技術を身に付け、英会話学校で学び、アナウンサー養成学校や芸能事務所に入ったこともあった。

いつか自分の冒険記を1冊の本にするときがきたら、そのときは、プロフィールの欄もおもしろくしたい。教員免許を4種類も持っているって書いたらちょっとおもしろいじゃん! バカげているかもしれないけれど、そんなことを考えていた。

「こりゃ向いていないな」と思えば、その瞬間にやめ、次の道を試した。当たっては砕け、自分が行くべき道を探し続けた。気持ちはあくまでポジティブに。やってみなきゃ、わからない!

そして僕は少しずつ、進むべき道を見極めていった。

Do you ha
have
持

第３章

ついに、海の向こうへ！

２００７年３月、僕らは卒業式を迎えた。

友達の多くは教師になった。でも僕は、みんなと同じ道は選ばなかった。僕にはそれが窮屈でつまらない道のように思えてならなかった。それよりも、世界一周の旅をして世界を見て回りたかった。そして僕の理想とする唯一無二の教師になろう！　そう思っていた。

大学を卒業すると、僕はバイトを４つかけ持ちした。ハンバーガーショップ、写真のプリント屋、マッサージ店、大学生協。「やってみたい」という気持ちを最優先して仕事を選んだ。そのおかげで、早朝から深夜まで休みなく働いたけれど、楽しくて楽しくて、忙しいのは苦にならなかった。

親には、世界一周の夢の話を打ち明けなかった。僕が就職しないでいることについては、もちろん不安や心配があったとは思う。でも、僕が教員免許を幼稚園から高校まで全部取ったことを知っていたから、「きっとそのうち教師になってくれるだろう」と思っていたに違いない。

僕は僕だけの人生を生きる。僕は信じていた。「僕がこの世界に生まれたからには、なにか意味があるはずだ」と。いっぽうで、こんな気持ちもあった。「ひとりぐらい、こんな人間がいたって世の中は回るでしょ」と。いつか人になにかを教える立場になったとき、笑い話になればそれでいい。それがいい！

大学を卒業してからのまる1年、僕は休まず働き続け、３００万円のお金を貯めた。

放浪旅で出会った韓国・台湾の人々

フィリピン・オーストラリア
／2008〜2009年

第4章

PHILIPPINES,AUSTRALIA/
2008-2009

韓国人留学生とのふれ合い

東京から南南西に約３０００キロ。７０００以上の島々が浮かぶ島国・フィリピン共和国。その中心となるルソン島に、僕は語学留学に出かけることにした。大学卒業の翌年、２００８年夏のことだ。

英語を公用語のひとつとするフィリピンは、そのころすでに、安価で語学留学できる国として脚光を浴びていた。僕は、大学でいちおう英語を勉強してきたつもりだけれど、世界一周の冒険に出かけるには、英語でのコミュニケーション能力がまだ足りないと感じていた。英会話はやっぱり本場で学ぶのがいちばんだ。

僕の手元には、１年間で貯めたお金がたっぷりある。しばらくはこれで心配なく暮らしていけるはずだ。

成田空港で飛行機を待ちながら、僕は、心の底から「生きていてよかった」という喜びが湧き上がってくるのを感じていた。僕の人生が始まる。なにをするのも自由！どこへ行くのも自由！

ほんのちょっぴりの不安は、大きすぎる期待と憧れで吹き飛んでいた。

語学学校のあるバギオという街は、ルソン島の内陸部にある観光地だ。近くには、ユネスコの世界遺産にも登録されている「コルディリェーラの棚田群」などがあり、多くの観光客が訪れる街でもある。

僕は語学学校で、韓国人の学生たちとクラスメイトになった。彼らはみんな、兵役を終えてから留学にやってくる人ばかりだった。だから、僕よりもちょっと年上の人たちが多かった。

韓国では、アメリカやイギリスなどで本格的な留学をする前に、フィリピンの語学学校で英語を学ぶというのがポピュラーだという。そのため、語学学校にはたくさんの韓国人学生がいた。クラスでは僕以外のほとんどの学生が韓国人だった。

そんな韓国人ばかりのクラスでも、彼らは日本人の僕に配慮して、いつも英語で話してくれた。そして、僕を弟のようにかわいがってくれた。彼らはとにかく面倒見がよかった。

「功一、遊びに行こう！」

「功一、ごはん食べた？」

「今度の休みはなにをする予定？」

　いつも、そんなふうに声をかけてくれた。

　そして授業が終わると、毎晩のように飲み会が開かれた。もちろん、僕も参加する。どんどんお酒が入って酔っぱらうと、みんなついつい韓国語ばかりの会話になる。そんなときでも必ずだれかが「功一がいるんだから英語でしゃべろうよ！」と声をかけて、英語に戻してくれる。

　まったく、なんて優しい人たちなんだろう！　僕は毎日、彼らの気遣いと優しさに感動していた。

　それぞれ境遇の違う僕らが、こうやってひとつの学校で出会いコミュニケーションを交わすうちに、似たところと違うところを知り、理解し合って笑い合う。それはすばらしい毎日だった。日本にいたら、こんな経験は一生できなかったかもしれない。

「世界に出てきてよかった！」

僕は心底そう感じていた。

じつは語学学校の初日、僕は身構えていた。なぜなら、まわりの学生は韓国人ばかり。僕の頭のなかには「韓国人はみんな反日なのだろう」というイメージがあったのだ。

日韓両国のあいだには、複雑な過去がある。

戦前の日本は、軍事力を背景に領土を広げ、１８９５年に台湾、１９１０年には朝鮮半島を領土に組み入れた。第一次世界大戦をきっかけに南洋諸島を獲得し、中国大陸では傀儡《かいらい》国家・満州国（１９３２年〜）を樹立した。１９４５年、第二次世界大戦で敗戦すると、日本は主権範囲を本州と北海道、九州、四国などに限定された。

かつての日本は、朝鮮半島で現地の人々に日本式の名前を名乗らせたり、労働力として日本本土に動員したりした。その時代のことをどう捉えるか、そしてその時代の問題をどう解決するかについて、日韓両国の足並みはいまもそろっていない。

テレビでは、韓国人がデモで怒りまくって日本の国旗を燃やしてしまうシーンを見たこともある。

僕は日韓間の歴史を詳しく勉強してきたわけではなく、こんな通りいっぺんのことしか知らなかった。だから、どうしても身構えてしまったのだ。

ところが、彼らからイヤな思いをさせられたことは一度もなかった。みんなメチャクチャ優しくて、思いやりがあって、人なつっこかった。それまで持っていたイメージとは正反対の、温かい人たちばかりだった。

この語学学校の日々で、僕は英語だけでなく、もっと大きくて重要なことを学んだ。それは、「たとえ国と国とのあいだに軋轢があったとしても、ひとりひとりの『人』の心は通い合う」ということだ。国家間の事情と、ひとりひとりの人間の関係は、まったく別の次元のことなのだ。

いまになってみれば当たり前のことのように思えるけれど、当時の僕にとっては新鮮な発見だった。

「僕を弟のようにかわいがってくれた彼らのことは、一生忘れない。いや、それだけじゃだめだ。このことを日本の友達にも伝えて、みんなでこの感動を共有したい」。そう思った。

この気持ちは、のちに僕がフリーハグの活動をする原点になった。

オーストラリア縦断の旅

語学学校のプログラムを終え、英会話の能力にもひとまずの自信がついた。

ルソン島の明るい空を眺めながらぼんやりと次の行き先を考えていたある日、友達が「ワーキングホリデー」という制度について教えてくれた。なんでも、海外で働いてお金を稼ぎながら、長期滞在ができるらしい。

「次はどこに行こうか」

見知らぬ国に住めて、しかもお金を稼げるなんて！

行き先は、ワーキングホリデーが盛んなオーストラリアに決めた。オーストラリアといえば、地球の反対側。日本には冬が近づいているから、あっちは夏になるはずだ。

「真夏のクリスマス」ってどんな感じなんだろう。胸が高鳴った。

僕はフィリピンをあとにし、そのままオーストラリアへ飛んだ。

オーストラリアでは、多くの日本人の若者がワーキングホリデーの制度を利用して、各地で農業や畜産業、漁業などの仕事に就いているらしい。

僕が最初に就こうと思ったのは、マグロ漁船の仕事だ。「めずらしくておもしろそう！」、理由はそれだけだった。

到着した空港からさらに１０００キロを移動して、オーストラリア南岸の港町ポートリンカーンへ向かった。

さっそく求職者の対応をしてくれる窓口を見付けると、僕は言った。

「マグロ漁船で働きたいんです」

ところが残念なことに、マグロ漁船はその前の日に港を出てしまったらしい。

途方に暮れた僕が次に向かったのは、オーストラリア北東岸のケアンズだ。「日本人がたくさん住んでいるからなんとかなるかも」というだけの理由で、今度は約

３０００キロを移動した。

ケアンズでは、「自然体験学校」のスタッフ兼通訳として、住み込みで働くことができた。日本から旅行でやってきた学生や子どもたちに、夜空の星を見にいくツアーを案内したり、ビーフシチューを振る舞ったりする仕事だ。

それはそれで楽しく、ほっとできるひとときだった。でも、そんな日々が数週間も続くと、しだいに退屈になり、僕は冒険への欲求がムクムク湧き出てくるのを抑えられなかった。

ある日、僕は意を決した。新たな冒険に出よう！

僕の人生を描いた本では、今日よりも明日、明日よりも明後日と、ストーリーが進むたびにどんどんおもしろいことが起こるはずだ。ひとつの場所に留まってはいけない。広い世界を見よう。自分の目で見て、感じてみよう。

自然体験学校の仕事をやめ、約２３５０キロを移動して、オーストラリア大陸の北のはずれにある砂漠の街、ダーウィンに向かった。

僕は、オーストラリア大陸北部のダーウィンから南部のアデレードまで、自転車で旅することに決めた。その道のりは約3000キロ。オーストラリア大陸縦断の旅だ。途中、ワーキングホリデーで働かせてくれるところがあれば、そこに落ち着いて暮らすのもいいだろう。ゴールまで何日かかったってかまわない。だって、この先なんの予定もなければ、なんの制約もないのだ。

僕は旅をスタートさせた。

昼にはアスファルトからの反射熱が僕を責め立て、夜には一気に下がった気温が僕の体をこわばらせた。泊めてくれる安宿がないときには、野宿も辞さなかった。

とにかく過酷な旅だった。もしかしたら、生きていることを人が最も実感できるのは、死と隣り合わせになっている瞬間なのかもしれない。そんなことを何度も思った。僕はひたすらペダルを踏み続け、1日約100キロを進んだ。

20日ほど経ったころだろうか、広大なウルル（エアーズロック）が見えてきた。

ウルルは世界で2番目に大きい一枚岩だ。オーストラリア大陸のほぼ真ん中に位置する。「ウルル」とは先住民アボリジニによる呼び名で、のちにこれを見付けたイギリスの探検家が「エアーズロック」と名付けた。

僕はすっかりウルルに魅了されてしまった。ウルルの近くでしばらく働けないかと考え、1週間近くキャンプ滞在をして働き口を探してみた。でも結局仕事は見つからなかった。

ふたたび、縦断の旅へ。

ペダルを踏みながら、僕はこんなことを考えていた。

ゴールにたどり着けば、僕はきっと、これまでのなんでもない自分とは決別できる。そして、これまでとは決定的に異なる「何者か」になれるはずだ！

55日目、ついに僕はゴールした。

そこはアデレード市内の公園だった。灼熱の太陽に焦がされ、疲労で気が遠くなり、足をもつれさせながら、ようやく手にしたゴール。僕はどれほどこの瞬間を迎えることを思い続けてきたか。長い旅路の光景が次々と思い起こされた。

ところが、ゴールの瞬間に僕が感じたのは、思いがけないものだった。

——虚無感。

そこにあったのは、ただ果てしなく横たわる虚無感だった。

55日間をかけて3000キロを走った。つらく苦しい旅だった。ところが、やっとゴールしたその場所に、新しい自分などというものは見当たらなかった。それどころか、長旅を終えた僕を祝ってくれる人さえ、だれひとりいない。

僕はいったいなにをしていたのだろう。ただ「移動」しただけだったのかもしれない。

僕は満身創痍の体を起こし、自転車を引きずりながら、宿を探した。宿に着くと、そのままベッドに倒れこみ、泥のように眠った。

それから数日間、僕はからっぽの気持ちを抱えたまま、ただ宿のベッドでゴロゴロと寝て過ごした。いったいどうして、こうなってしまったのか。考え続けるうちに、少しずつこう考えるようになった。

こうなってしまわないためには、なにが必要だったのか。僕は、どうすれば幸せを感じられるのか。

何日も、のたうち回るように考え続けた。そうするうちに、答えの輪郭が見えてきた。

それは「だれか喜んでくれる人がいない限り、僕はなにをやっても満足しない」ということだった。

喜んでくれる人がひとりでもいたならば、僕の行動がだれかの役に立ったならば、感じ方はまったく違っていただろう。だれかに喜んでもらうこと、だれかの役に立つことが、自分の幸せにつながっていく。だれかの心を動かさない限り、僕の行為は「自己満足」の沼に沈んでいくだけなんだ。

もっとだれかのために生きたい。だれかの心を動かしたい。人とつながろう。人の心に寄り添おう。

そんな思いが僕の心に強く強く刻まれた。

アデレードでの日々、そしてある動画との出会い

僕はアデレードの街ではしばらく腰を落ち着けて、ワイン工場で働くことにした。工場では、香港や台湾からやってきた人たちが働いていた。僕は彼らと同じゲストハウスで暮らし、たくさんの友達をつくることができた。

それにしても、台湾の人たちが日本のことを詳しく知っているのには驚いた。僕はほとんど台湾のことを知らなかった。

ある日、僕は「台湾って中国の一部じゃないの？」と聞いたことがあった。いま思うと、あまりにも愚かな質問だ。台湾と中国本土のあいだに複雑な歴史があることを、僕は知らなかったのだ。

ときは20世紀前半。中国本土のなかで、国民党と共産党の内戦が起きた。それに敗北した国民党は中国本土から台湾へ撤退。それ以来、台湾の国民党と中国本土の共産党とがにらみ合う分断状態が70年以上にわたって続いている。いっぽうで、90年代後半から台湾企業の大陸進出が活発化し、経済的な結びつきが深まった側面もある。

このように、台湾と中国本土のあいだには、複雑な歴史が横たわっているのだ。

それにもかかわらず、僕は無神経にも「台湾は中国の一部では？」などという質問をしてしまったのだ。ところが、台湾の友達はイヤな顔ひとつせず、無知な僕に自分たちの歴史をわかりやすく教えてくれた。その会話には香港の人も加わり、彼らの話も聞くことができた。

台湾や香港の人たちが話す中国本土は、「表現の自由が制限された国」であり、「ひとりひとりの国民よりも国家が優先される国」だった。彼らは次々と彼らの思い描く中国像を話してくれたけれど、よくよく聞いてみると、だれも実際に中国本土へ行ったわけではないようだ。

それならば、と僕は思った。それならば、いつか僕が実際に中国本土に行ってみよう。フィリピンで韓国人たちと出会ったときにイメージと現実が１８０度違うことに気付いたように、中国本土でも、新たな発見が待っているに違いない。

台湾、香港の親切な仲間たちと夜遅くまで語り合いながら、次に向かう冒険の地が定まった。

僕の人生を変える１本の動画に出会ったのは、このころだ。

それは、アメリカのマシュー・ハーディングさん（通称・マットさん）がつくった動画だった。ＹｏｕＴｕｂｅを見ていたときに、偶然見かけたのだ。

その動画のなかで、マットさんは踊っていた。

足踏みしながら腕を振る、たったそれだけの、だれにでもできるいいかげんな踊りだ。服装も、Ｔシャツに短パンというラフなものだ。でも、踊る場所や状況はどんどん切り替わっていく。住宅街で、海岸で、夜の公園で、学校で。アメリカで、アフリカで、インドで、日本で……。マットさんの楽しげな踊りが、まわりの人も巻き込んでいく。大人も、子どもも、豊かな人も、貧しい人も、アフリカの原住民も、宇宙飛行士も……。

とにかくみんな、めちゃくちゃに踊りながら、めちゃくちゃ楽しそうだ。国も文化も貧富の差も、なにもかもを越えて、マットさんのダンスがみんなを弾けんばかりの笑顔にしていた。

気付くと、僕の目には涙があふれていた。

「なにかをつかまなければ」「何者かにならなければ」——僕はいつのまにか、こんな考えに縛られてしまったのかもしれない。世間のレールからはずれ、地球の反対側に来たことで、自由になれたと思っていた。でも、自分でも気付かないうちに焦り、追い込まれていたのだ。

僕は、涙を流すことでそのことに気付いた。

マットさんの動画はこう言っているようだった。

「何者でもないきみでいい。そのままで存在する価値があるんだよ！」

僕を囚えていた呪縛が、一気に消え去ったようだった。

たった数分の動画が、僕の世界の見方を根底から変えてくれたような気がした。人生の答えなんて見つからなくていい。特別な人になんてならなくていい。僕はただ、ここで生きている。

涙は止まらなかった。

マットさんの動画は、「Ｍａｔｔ　Ｄａｎｃｅ」と呼ばれ、いまも世界じゅうの人々に感動を与え続けている。見方は人それぞれかもしれない。でも、僕と同じように大きなメッセージを受け取った人が、きっと世界じゅうにいるはずだ。

また、たった1本のシンプルな動画がこんなに人の感情を揺さぶるのだということも、僕にとって大きな発見だった。こんな動画をつくることなら、だれでもできる。ひとりでもできる。どこでもできる。言葉はいらない。

無限大に広がる動画の力を、僕はこのときに初めて知ったのだ。

第5章

西安で見た反日デモ

CHINA/2010

中国／2010年

シルクロードの玄関口、西安へ

オーストラリアを発ったあと、僕は決めていたとおり、中国本土へ渡った。

中国というと、僕のイメージでは黒い雲に覆われているような感じだった。調べても情報はなかなか出てこないし、出てきたとしても、その情報が正しいかどうかわからないからだ。

オーストラリアで出会った台湾や香港の友達はみんな、中国本土の人たちに対して複雑な感情を抱いているようだった。でも、彼らでさえ、実際に中国本土に足を踏み入れたことはなく、彼らの持っているイメージや情報だって、正しいかどうかわからなかった。

「それなら突っ込むしかない！」

なにごとも、行ってみなければわからない。十何億人も人がいるのだから、ひとりくらいはいい人がいるはずだ。

僕は、中国のなかでもまずは西安へ行こうと決めていた。

第5章

西安で見た反日デモ

西安は中国内陸部に位置する都市で、シルクロードの玄関口として知られている。シルクロードといえば、いわずと知れた中国とヨーロッパを結ぶ古代の交易路だ。紀元前2世紀ころからおよそ１０００年もの長きにわたって、国際的な交易や文化の交流が行われた。

そんなシルクロードの玄関口である西安。世界を冒険して回ろうと思うならば、避けて通ることはできない場所だ。

飛行機を降りて西安の街に出たとき、僕は言葉を失った。

「めっちゃ発展してるじゃん！」

僕は「ラクダに乗って草原をゆっくり進む」みたいなシルクロードのイメージから、その玄関口である西安も、どこかのんびりした、牧歌的な雰囲気が残っているのではないかと想像していたのだ。

ところが西安は、みるからに超近代的な大都会だった。狭い空には高層ビル群がひしめいていて、街には最先端の服装を身にまとった若者が闊歩し、大通りにはバスや車がひっきりなしに行き交っていた。市内には地下鉄が何路線も通っている。これはあとでわかったことだが、そのころはちょうど中国のＧＤＰ（国内総生産）が日本を追い抜いたころで、まさに活気と勢いにあふれていたときだった。

とはいえ、中国では英語があまり通じないようだ。華やかな大通りで、着飾った人たちに道を尋ねてみても、英語がほとんど通じなかったのだ。この先シルクロードを行くとなれば、言葉の壁はますます高くなるに違いない。

これはヤバい。そう思った僕は、旅の前に中国語を勉強することにした。申し込めばすぐに学ばせてくれる学校をネットで探し、西安交通大学付属の語学センターに行き着いた。


それからは、中国語を基礎から学ぶ日々が始まった。

僕が入ったのは5カ月間のコースで、朝から夕方まで、ひたすら反復練習が続く。中国語には「四声《しせい》」という特有のアクセントがあって、アクセントを間違えるだけでも意味が変わってしまう。ああ、難しい！　こんなに難しい言葉を、10億人以上の人たちが使っているのか！

授業にはなかなか身が入らなかったが、いっぽうでバイトとして始めた日本語教師の仕事に、僕はのめり込んでいった。

語学センターでは、アニメや音楽など日本文化に興味があるという若者や、仕事で日本語が必要だという社会人など、さまざまな年齢、背景の人たちが学んでいた。彼らはみなとても熱心で、まじめで、日本に強い興味と愛着を持っていることが伝わってきた。

僕は日本で流行っていることを、日本語で伝えてみた。たとえば、音楽グループ「Ｇｒｅｅｅｅｎ」の「キセキ」という曲を教えてあげた。「スラムダンク」などの漫画を紹介してみたこともある。生徒たちはみんな、びっくりするほど喜んでくれた。音楽や漫画は世界共通なのだと実感した。

中国語の勉強そっちのけで、僕は日本語教師の仕事に没頭した。

西安で目の当たりにした反日デモ

そんなある日、「今度、西安で数千人規模の反日デモが行われるらしい」という情報が舞い込んできた。

ことの経緯はこうだ。２０１０年9月7日午前、沖縄県の尖閣諸島付近で、中国漁船と、この漁船を「違法操業だ」として取り締まろうとした日本の海上保安庁の船が衝突した。その映像が世界で報道されたのだ。

これをきっかけに、日本国内では中国政府に抗議するデモが各地で繰り広げられた。いっぽう、中国本土の各地では、反日デモや「日本の反中デモに対抗するデモ」が四川省や河南省など各地で広がった。日中関係は、一気に冷え込んでいった。

僕がデモの情報を聞きつけたころ、大学からこんな通達が出た。

「学生は参加してはいけません！」

「デモに参加したら退学です！」

退学。それは、学校が下すものとしては最も厳しいペナルティだ。語学センターの寮のなかでも、学生たちはこの話題でもちきりだった。

ある学生が、僕に声をかけてきた。

「明日、反日デモがあるらしいね」

「そうみたいだね」

「寮から絶対出るなよ」

「当たり前じゃん！」

そう答えたものの、僕の呼吸は荒くなった。こんな大事件を自分の目で確かめず、じっとしていることなんて、できそうもなかった。「行かない」という選択肢は、僕には考えられなかった。

２０１０年10月16日、デモ当日がやってきた。

西安の街の中心部に向かって、僕はバスに揺られていた。片手にはデジタルカメラを持っていた。

いつもならバスで20分ほどの道程だ。ところがその日はデモのせいで大渋滞しており、バスはいっこうに進まなかった。日は傾きはじめ、時間が刻一刻と過ぎていく。はやる気持ちで、手が汗ばんだ。

これなら歩いて行ったほうが早いかもしれない。そう思い、僕はバスを降りた。そして急ぎ足でデモが行われている中心部へと急いだ。

大通りでは、警察隊が交通整理をしていた。どうやらデモを「排除」するのではなく、デモ隊がスムーズに行動できるように「誘導」しているみたいだ。国が「反日デモ」を容認しているということなのだろうか。

だんだん、群衆の声が聞こえはじめた。人々の姿はまだ見えないが、声はしだいに大きくなってくる。

僕は一歩一歩、彼らに近づいていった。あの角を曲がれば、デモの隊列が見えるはずだ。歩幅が大きくなっていく。気持ちがはやる。僕は最後には駆け足になって、彼らの姿が見えるところまで急いだ。

そして見た光景に、僕は言葉を失った。

日本車がひっくり返されていた。

日本国旗が燃やされていた。

日本企業の店という店が壊され、ガラスやショーウインドーが叩き割られ、破片が飛び散っていた。

彼らは、腹の底から怒声を上げながら、取りつかれたかのように暴れ回っていた。だれかが日本の蔑称を叫び、それに呼応して群衆が復唱していた。剥き出しの敵意、露わにした嫌悪。あまりにもまっすぐに、日本を名指しで攻撃していた。

これが現実に起こっていることなのか――。

僕のなかで恐怖と興奮とが入り交じり、ごちゃごちゃになっていた。

信じられない。人間がこんなになにかをののしり、暴れることができるなんて。こんなもの、デモではなく暴動だ。

これはただごとじゃない！　僕は持ってきたデジカメを構えると、夢中で彼らの姿を撮影し続けた。いま僕にできるのは、このおぞましい事態を記録することだけだ。

POLICE

LIMA立马
制日货

爱我中
抵

車がひっくり返されると、群衆は沸き立った。次の瞬間には、日本企業の看板が叩き割られ、絶叫が起こった。僕は夢中で撮影し続けた。

「你是日本人嗎《ニーシーリーベンレンマ》？（お前は日本人か？）」

背後から突然、男の声がした。背筋がゾッとした。なぜ僕が日本人だとバレたのか。僕は気付かないふりをして、自分のデジタルカメラの液晶画面を見た。そして再びゾッとした。液晶画面には日本語が表示されていた。これを男に見られたのだ。

どうしよう。

どうすれば切り抜けられるか。

「お前は日本人か？」

もう一度、男は聞いてきた。振り返るわけにはいかない。この場所で日本人だと知られたら、命が狙われるかもしれない。僕は無視を続けた。無視する以外の手段が見つからなかった。

なおも男は引き下がらない。僕は撮影する手を止めなかった。止めるわけにはいかない。

もう一度、彼は聞いてきた。

「お前は日本人か？」

「僕は韓国人です」

——とっさにウソをついていた。

一瞬の、だけど果てしなく重い沈黙が流れた。そして男性は離れていった。

……助かった……。でも、いやな汗が全身から一気に噴き出した。それが、恐怖による汗なのか、ウソをついてしまったせいなのか、僕にはわからなかった。

交通大学に限らず、西安のほとんどの大学では「デモに参加してはいけない」という通達が出ていたはずだ。それでもかなりの数の若者が集まっていた。彼らの全員が全員、デモ活動に参加していたわけではない。多くの人たちは、破壊行動をする人たちを「撮影」していた。そんなさまざまな人々が、デモ隊の大きなうねりをつくっていた。

僕は踵を返し、その場を離れながら、とりとめもなく考えた。この剥き出しの敵意の正体は、いったいなんなのだろう。その敵意がいま、自分の国に対して向けられている。そのことが怖くて、自分が日本人であることを隠してしまった……。

僕の心は、鉛を呑み込んだように沈んでいった。

そのとき、ある若いお母さんがいるのに、僕は気付いた。

お母さんは小さな赤ちゃんを抱えたまま、破壊的なデモ活動を目の当たりにしていた。

僕は心が痛くなった。ああ、こんなに小さいうちからこんな光景を見せられてしまったら、もう一生、日本のことを好きになってくれることはないだろう。

次の瞬間、意外なことが起きた。お母さんが、赤ちゃんの目と耳をふさいだ。幼い目に、この醜い光景が映らないようにしたのだ。

それを見て、僕の目頭が熱くなった。ああ、希望はゼロじゃない。このお母さんのような人たちだって、この国にはきっとたくさんいるのだろう。

寮までの長い道のり、僕はバスに乗らずに歩いて帰った。頭を冷やしたかった。

どうしたら中国と日本は仲良くなれるのだろう。あんなに暴れるほど怒りを抱えた人たちと、どうすれば心を通わせることができるのだろう。

この日のデモに立ち会った僕には、それを考える責任があるように思えた。

それはまるで地獄のような光景だった。僕は初めて、日本へのあからさまな反感・嫌悪感に直面した。おびただしい数の人々が憎しみの言葉を叫び、日本の国旗を燃やす姿は衝撃だった。

でも、僕はちゃんと知っている。僕が西安に来てから出会った中国人はみんな、優しくておもしろい人ばかりだ。日本語学校の生徒たちは、熱心に日本語を勉強し、日本の文化に興味を抱いてくれていた。街なかで買い物をしているときに、僕が日本人だとわかると「友達になろう！」と声をかけてくれる人もいた。

僕にできることはなんだろう。そして、デモの動画を日本のテレビ局に送ることに決めた。まずは事実を伝えなくては。

僕の動画を受け取った民放テレビ局から、さっそく撮影クルーがやってきた。僕はインタビューに答え、おぞましいデモの状況を説明した。そして、赤ちゃんの目を隠している母親がいたのを伝えることも忘れなかった。

「あのお母さんのような人だって、この国にはたくさんいる。希望はある」

僕はそのことを伝えたかった。

切り取られた世界でなく、僕が見ている世界を伝えたい。強く強く、そう思った。

第6章

東日本大震災後の「台湾謝謝」

台湾／2011年

TAIWAN/2011

「いま・ここ」で、僕だからできること

自分にできることはなんだろう――そんなことを考え続けていた。あの凄惨なデモを目の当たりにした日のこと、それをわが子に見せないよう、目をふさいだ母親のこと。ひとつひとつの場面が、まざまざと脳裏に焼き付いていた。

少し息抜きがしたくなって、僕は西安での日々に別れを告げたあと、東南アジアの国々を周遊することにした。オーストラリア滞在時代に知り合った仲間と合流し、温暖な国々をのんびり回った。

その速報ニュースを見たのは、滞在先のタイでのことだった。

どす黒い波が街をのみ込んでいた。ビルは横倒しになり、民家や車ががれきの塊のようになって、押し流されていく。飛行機が整然と並ぶ空港の滑走路も、整地された田畑も、学校も、港も……たったいままで人々が暮らしを営んでいたあらゆる場所を、そのどす黒い波はのみ込んでいた。

第６章

東日本大震災後の「台湾謝謝」

２０１１年３月11日。東日本大震災が起きた。

午後２時46分、三陸沖を震源とする地震が発生。茨城県沖から岩手県沖まで約５００キロの断層が動いたのだ。地震の大きさを示すマグニチュードは国内観測史上最大の９・０を記録した。沿岸は最大30メートル超の津波に襲われ、１万８０００人を超す戦後最悪の死者・行方不明者を出した。

津波に襲われた東京電力福島第一原発は、１～３号機がメルトダウン（炉心溶融）を起こし、大量の放射性物質を放出した。原子力事故の規模としては世界最悪となり、多くの人々が故郷を追われた。

テレビ画面には、激しい揺れの映像が映され続けている。容赦なくなにもかもをのみ込む真っ黒の津波。あっという間に姿を変えていく街。そして原発事故の黒い煙。

これはほんとうに、僕の生まれた日本で起きていることなのか。

まるでＣＧでできた映画のような、現実離れした光景だった。にわかには信じられないような……。でもこれは映画じゃない。ニュースのライブ映像だ。いままさに、僕の生まれた日本で起きている現実なのだ。

僕は呆然と、その画面を見続けた。


それからしばらくのあいだ、異国で出会った人々は、僕が日本人であると知ると口々に心配の言葉をかけてくれた。

「ご家族は無事なの？」

「放射能の被害はどうなっているの？」

僕は大丈夫だ。群馬の実家にも、すぐに電話で無事を確認することができた。でも……。そのとき僕を強く捉えていたのはこんな思いだった。

「僕はいま、なぜこんなところにいるのだろう」

友達のなかには、東北地方へボランティアに駆け付ける人が多かった。僕も日本にいれば、すぐに駆け付けられるのに。そうでなくても、いろいろできることがあるかもしれない。でも、僕は海を隔てたタイにいる。

僕は逡巡した。いったいどう動くのがいいんだろう。僕は世界を冒険するために日本を飛び出し、この数年間、海外を旅してきた。でもいま、そんなことをしていていいのだろうか。ここで一度旅を終えて被災地に駆け付け、窮地に陥っている日本のために、なにか行動を起こしたほうがいいのではないか。

でも僕は、散々悩んだ挙げ句、日本には戻らないことに決めた。

それよりも、僕がいま、ここにいる意味を考えよう。きっとなんらかの意味があるはずだ。ここでできることをしよう。

どんなときも、自分がそこにいる意味を考えたい。そして、「いま・ここ」でできることに力を注ぎたい。それは、これまでの経験を通して得た、僕なりの、生きる指針のようなものだった。

東日本大震災のニュースは世界じゅうを駆けめぐり、世界各国から日本へ、義援金が寄せられるようになった。

世界じゅうの人が、日本に手を貸そうとしてくれている。そのことが僕の胸を打った。なかでも驚いたのは、台湾からの額の多さだった。その額は200億円ともいわれている。台湾といえば、九州ほどの大きさの小さな島だ。その島の人たちが、世界じゅうの国と比べても圧倒的に大きな額の義援金を日本に寄せてくれたのだ。しかし、それについての報道は意外なほど少なかった。

僕の頭のなかには、オーストラリアのワイン工場で一緒に働いた台湾人のみんなの顔が、ひとりひとり浮かんでいた。

台湾の人たちに、感謝の気持ちを伝えたい。

でも、どうやって？

——いろいろ考えた結果、僕がたどり着いた答え。それは動画だった。僕の感謝の気持ちを動画にして配信すれば、きっと多くの人たちに伝わるはずだ。

オーストラリアにいたときに見た、マットさんの動画が大きなヒントになっていた。それに、このころはちょうどスマートフォンが誕生し、動画を手のひらで視聴する人が一気に増え始めた時期でもあった。

第6章

東日本大震災後の「台湾謝謝」

台湾で「ありがとう」を叫ぶ

震災から約2カ月が過ぎた5月の終わり、僕は台湾へ飛んだ。

台北の街では、常緑樹の並木の葉が亜熱帯の風に揺られていた。バイクやバスが行き交い、街なかを歩く人々の表情は温和だった。世界じゅうどこの国よりも、日本に雰囲気が似ている気がした。

僕はこの台湾で、感謝の思いを込めた動画をつくろう。

どんな内容の動画にしようか？　マットさんは世界じゅうのいろんな街へ行って、ダンスをしていた。それならば僕は、台湾のいろんな街へ行って、感謝の言葉を叫ぼう。それをつないで、一本の動画にしてはどうだろう？

移動はどうしようか。交通機関はできるだけ使いたくない。それでは気持ちが十分に伝わらない。やっぱり自転車だ。自転車しかない。

旅行ガイドブックを片手に、僕は撮影場所を決めていった。新北投《シンペイトウ》・地獄谷《ディイユグ》、南方澳《ナンファンアオ》観景台、基隆《キールン》港、嘉義《ジャーイー》市、八仙洞《バーシアンドン》、蘇澳冷泉《スーアオロンチュエン》、関子嶺《グァンズーリン》——ひとつひとつチェックし、道程を定めていく。

約30カ所のポイントを決めたところで、僕はいよいよサドルにまたがった。これから18日間かけて、台湾じゅうを回ってやる！


最初の撮影ポイントは台湾北西部の新竹《シンジュー》という街だった。台北市の南西にあり、僕の降り立った桃園《トウエン》国際空港からもほど近い。豪華絢爛な新竹都城隍廟《シンジュドウチェンファンミャオ》と、その周囲に立ち並ぶ食べ物の屋台で有名な街だ。僕はここ新竹から旅をスタートさせ、台北でゴールする計画を立てた。

僕は三脚を立てて、だれが見ても新竹とわかる名所が背景になるように、カメラを固定した。そして、笑顔でひと言叫んだ。

「台湾謝謝《シエシエ》！（台湾、ありがとう！）」

うまく撮れているのを確認すると、すぐに次の目的地に向けて出発する。

亜熱帯の日射しは思いのほか強く、道は想像していたよりもはるかに険しかった。台湾は九州ほどの大きさの島でありながら、富士山より高い山もあるのだ（玉山《ユイシャン》、標高3952メートル)。上り下りの多い道のりには、オーストラリア縦断のときとはまた違った厳しさがあった。

でも、僕は台湾の各地で、思いを込めて叫んだ。

「台湾謝謝！」

動画が撮れたら、即、移動。自転車を漕ぎ続けた。

ときどき、疲れがたまってくると、こんなことをしていてなんになるのか、という、ネガティブな考えが胸をかすめた。僕の思いがだれかに届かなければ意味がない。ほんとうに届くのだろうか。そんなときは、ペダルを踏む力も弱くなり、諦めてしまいそうになる。やめたって、だれにも責められるわけじゃない。このつらさから逃げたい……。いざというときに弱気になるのは、僕の悪いクセだ。

「諦めてしまおう」と思う自分と、「最後までやり通すべきだ」と考える自分。ふたりの僕が、葛藤しながら自転車を漕いでいた。

自転車旅をはじめて18日目、やっと僕は、最終地点の台北にたどり着いた。気が付くと、初夏の日射しに焼かれた肌が真っ黒になっていた。

ついに島を一周することができた。そんな喜びに浸ったのもつかの間、僕のなかには「早く動画を編集して発信しなければ」という思いがこみ上げていた。

友達の部屋にホームステイさせてもらい、パソコンを借りて、さっそく動画の編集を始めた。画面を見ていると、訪れた各地の記憶が鮮やかによみがえった。

映像を切り、つなげていく。約1秒ごとに、場面はどんどん切り替わっていく。

「台湾謝謝！」

「台湾謝謝！」

動画の最後には、台湾で使われている中国語繁体字で次のようなメッセージを書き添えた。

親愛なる台湾のみなさん
温かいご支援をありがとうございました。
これから先の未来も、おたがいを気にかけ、支え合い、
この世界を一緒によりよいものにしていきましょう。

台日の友好を願って、永遠の友より

動画は完成し、僕はそれをネットの海に放流した。

僕のメッセージが伝わった！

その数日後。テレビを見ていた友達がいきなり叫んだ。

「テレビを見て！　功一がニュースになっているよ！」

「えっ！」

あわててテレビの前へかけつけると、僕がつくった動画がそのまま流れ、画像の下に僕のことを紹介する字幕が流れていた。僕の動画についてアナウンサーと思しき人たちが笑顔でコメントしていた。僕が伝えたかった義援金への感謝の気持ちも、しっかり説明してくれていた。

いままでパソコン画面で見るだけだった僕の動画が、テレビ画面から流れている。

瑞豐廚房
日式
港味
黃金魚
臺灣謝謝

愛玉・粉圓

いまこの瞬間に、台湾じゅうのたくさんの人が、この映像を見ているのだ。

テレビには、動画を見た台湾の人たちが喜んでくれている様子も映っていた。

僕の思いが伝わった！　そう思うと、感動で胸がいっぱいになった。

このニュースをきっかけに、僕の動画を見てくれる人が爆発的に増えた。動画の再生回数を示す数字は、みるみる上がっていった。

僕は後日きちんと取材を受け、第2弾のニュースとして大きく扱ってもらうことになった。ほかのテレビ局も続けて報道してくれた。

テレビの影響力は大きかった。ナイトマーケットを歩いていてサインを求められたこともある。びっくりしたけれど、とても嬉しかった。

僕はなにか特別な才能を持っているわけではない。有名人でもない。何者でもない僕が、ただ「台湾謝謝！」と叫んで、それを動画配信しただけだ。でも、多くの人々が僕の動画を見てメッセージを受け取り、感動してくれたのだ。初めて自分のやったことに手応えを感じることができた。

「マットさんに少しだけ近づけたかもしれない」

僕は「台湾謝謝」の活動を通して、ちょっとした自信を持つことができた。そして、「動画を通して、もっと僕の思いを伝えたい！」という気持ちがふくらんでいった。

次はどこへ行って、なにをしようか。

そのとき僕の頭に浮かんでいたのは、フィリピンの語学学校でお世話になった韓国人たちのことだった。僕が囚われていた「韓国人＝反日」のイメージを変えてくれ、そんな僕を手放しでかわいがってくれた人たち。

彼らの生まれ育った国を訪れたい。そして、フィリピンで僕が感じたこと、「国と国とのあいだにどんな問題が横たわっていても、ひとりひとりの『人』の心は通い合う」というメッセージを、世界のみんなに伝えたい。

韓国行きのチケットを手配しながら、僕はどんな方法で「日韓友好」を伝えようか考え続けた。台湾でしたように、韓国全土を旅するのか。でも、それだと離島の済州《チェジュ》島や鬱陵《ウルルン》島まで含める必要がある。そんなに長い日程を組むのは難しい。では、韓国の首都ソウルで、なにかパフォーマンスをするのはどうか。でも、なにをしようか。

みんなで一緒に長縄跳び？　あるいはバレーボールとか……？

いくつか案を出してはみたものの、いまいちしっくりこない。もっと一瞬で、もっと明確に、「韓国の人たちが好きだ！」と伝える方法はないだろうか。

「一瞬で伝えることができる」という動画の特性を活かせること。だれでもできる、ひとりでもできる、どこでもできる、言葉はいらない……。

――そうだ、いちばんぴったりな答えがあるじゃないか！


「フリーハグ！」


台湾では、僕が動いて各地を回った。

今度は、僕は動かない。その場で両手を広げ、だれかがハグしにきてくれるのを、だれかが僕に向かって動いてきてくれるのを、ただ待つ。

ハグができたら、きっと僕も相手も笑顔になるだろう。抱き合って笑顔になれば、それを見た人にも、きっとメッセージは伝わる。言葉はいらない。ただ、ハグの姿を撮るだけでいい。

決めた。これで行こう！

こうして僕は、２０１１年８月、台湾から船を乗り継いで韓国へ渡った。黄海はおだやかに凪いで、夏の光に輝いていた。

韓国／2011年

KOREA/2011

第7章

初めてのフリーハグ

僕を抱きしめた小さな手

韓国の国際貿易港・仁川港に着くと、オーストラリアで仲良くなった韓国人の友達が、僕のことを待っていてくれた。

彼と相談して、フリーハグをするときに掲げるボードをつくることにした。ただ突っ立っていても、だれもハグしてくれないだろう。でも、メッセージを書いたボードを立てかけておけば、その思いに共感してくれた人がきっとハグをしてくれる。そう考えたのだ。ボードは極めて重要な役割を担うことになる。

さて、なんと書こうか。

かつて僕が抱いていた「韓国人は日本人を嫌っている」という思い込みは間違いだった。フィリピンの語学留学で会った韓国人の仲間たちは、僕のことをメチャクチャかわいがってくれた。

僕は韓国の人たちが大好きだ。だからもっと仲良くなりたい。そして、かつての僕のように偏見を抱いている人たちに、「そんな思い込みは間違っている」と伝えたい。

日本図書センター

売上カード

定価
1,540円 ⑩

日本図書センター
補充注文カード

書店・帖合印

注文数
部

日本図書センター

フリーハグ!

このスリップのある商品はいつでも入帖しますので、長期展示販売をお願いします。

9784284204996

ISBN978-4-284-20499-6
C0036 ¥1400E

定価1,540円
(本体1,400円+税10%)

ISBN978-4-284-20499-6 C0036 ¥1400E

定価1,540
(本体

初めて向けられた敵意

今日の撮影、もしかしたらうまくいくかもしれない。やっとそんな気持ちになれたのもつかの間、次に僕に近づいてきたのは、怖い顔をした男性だった。

男性は、つかつか近づいてきたかと思うといきなり怒声を上げた。

「ピキョ！（どけ！）」

男性はかなり怒っていた。ボードのメッセージを読み、僕の意図をわかったうえで、僕に対して怒鳴ってきたのだ。

僕は数歩移動して男性から離れた。でも男性は、僕につかみかかるようににじり寄ってくる。そして、ボードを手で払うようなしぐさを見せ、また怒声を上げた。

「どけ！」

僕に、ボードを下ろしてこの場から去れと言っているのだ。僕はどうしてよいかわからずその場に固まってしまった。こういう事態が起こり得ることはある程度予想していた。でも実際に起こってみると、頭のなかは真っ白になった。

僕は男性の顔を見ないようにして、また数歩、移動した。ボードは下ろさなかった。

男性はなおも執拗に、僕に絡んできた。

「そこをどけ！　目障りだ」

そのとき、別の中年男性がやってきて、彼に言った。

「おい、いい加減にしろよ！」

僕らのことを見るに見かねて助けに入ってくれたようだ。

助かった……。そう思ったのも、つかの間、大変なことが起きた。ふたりの男性が大きな声で怒鳴り合いを始めたのだ。

もう僕らにはどうしようもなかった。僕と友達は、しかたなくボードを下げ、その場を離れた。

心が折れた。友達もショックだったようだ。彼は、僕が「怖い目にあったらどうしよう」と不安を口にしたときに、

「韓国人はそんな野蛮なことはしないよ。功一、大丈夫だよ」

と、胸を張って言ってくれたのだ。友達は、自分の信じていたものが裏切られたよ

うな気分になったのだろう。

国と国のあいだの複雑な関係はわかっているし、だからいろいろな感情を抱く人がいるのも理解している。でも、直接、その感情をぶつけられてみると、そのダメージは想像以上に大きかった。

もう、こんなことやめようかな。

萎えた気持ちを修復できずに、僕は行きすぎる人々をぼんやり眺めていた。車は右側通行だし、人々のファッションや髪型の流行もどこか違う。ここは、日本とは違う国なのだ。

帰ろうかな……そう思ったとき、大事なことを思い出した。

「１００人とハグします！　１００人とハグするまでは、帰れまテン！」

それは僕が調子に乗ってうっかりＦａｃｅｂｏｏｋに書いてしまった言葉だった。

（そうだ、勢いで宣言しちゃったんだ……）

しかたない。ここでやめるわけにはいかない。僕は腹を決めた。

男性ふたりの怒鳴り合いは、いつの間にか終わっていた。

伝わる思い、広がるフリーハグ

「再開しようか」

僕は友達にそう言うと、ボードを掲げて笑顔をつくった。

両手を広げ、道行く人たちにボードのメッセージをアピールしながら、通りをゆっくり歩いた。

歩きながら、僕は考えた。僕は韓国の人が大好きだ。素敵な思い出だってたくさんある。ハグを通して、そのことを世界に伝えたい。僕たちはみんな、同じような悩みを抱えた人間だ。きっとわかり合えるはずだ。

僕は気を取り直し、勇気を振り絞って、ボードを掲げ、笑顔を見せ続けた。

そのとき、中学生ぐらいの男の子が笑顔で近づいてきた。

(もしかして……)

男の子は僕に笑顔を向けると、両手を広げた。そして、細い体で僕をギュッと抱きしめてくれた。

「あ……」

彼は僕を抱きしめたまま、「同じ気持ちだよ」と言うように、僕の背中をポンポンと叩いてくれた。

「ありがとう！」

僕は思わず、男の子にそう言った。目から、不意に涙が出た。

男の子とのハグを皮切りに、次々とハグしてくれる人が現れた。みんなは僕を勇気付けるように、力強く抱きしめてくれた。涙が止まらなかった。でも、泣いている場合じゃない！

もう、勇気を振り絞る必要はなかった。そこにいるのは仲間だ。僕の思いに共感し、笑顔で近づいてきてくれる、たくさんの仲間たちだ。

若いふたり連れが、一緒に僕をハグしてくれた。忙しそうなサラリーマンが、足を止めて僕をハグしてくれた。底抜けの笑顔でギュッとハグしてくれるおばさんもいた。街でビラを配る着ぐるみの人も、受験生ふうの学生もいた。うしろから飛びついてく

る人も、正面から抱き上げてくれる人もいた。いったん通りすぎようとして、迷った挙げ句に戻ってきてくれる人。ハグした瞬間の写真を友達に撮影させる人。僕を中心にして、記念写真を撮る学生たち……。

大丈夫、わかり合える。日韓のあいだにはいろんな問題が横たわっている。でも、こうして僕とハグしてくれる人たちが大勢いる。これだって、まぎれもない事実だ。

僕はソウル市内で場所を少しずつ変えながら、両手を広げ続けた。

とくに印象深かったのは、若者であふれる大学路《テハンノ》の街でのフリーハグだ。そこではみんなが気軽に僕に近寄ってきてくれ、ハグが次から次へと途切れずに続いたのだ。ハグだけではない。みんなが日本語で、いろいろな言葉をかけてくれた。

「がんばって！」

「日本、大好きだよ！」

「ありがとう！」

そんな言葉に混じって、こんな言葉も聞こえてきた。

「日本、がんばって！」

これは、僕個人への応援ではなく、東日本大震災で被災した日本という国に対するエールだろう。韓国の多くの人たちが日本の現状を心配し、温かい気持ちで応援してくれていることがわかり、とても深く心に残った。

こうして「初めてのフリーハグ」は終わった。

たった数時間の活動で、僕自身の心は大きく揺さぶられた。つらいこともあったけど、喜びや充実感は、その何倍も何十倍も大きかった。

今度はこの感動を動画にして、僕がみんなの心を揺さぶる番だ。

僕は撮影した動画を夢中で編集し、ネットに上げた。「いい動画ができた」という手応えはあった。でも、ほんとうにこの動画が視聴者の心に届くのかどうか、反応の声を聞くまでは、不安な気持ちを拭い去ることはできなかった。

僕はまだ知らなかったのだ。1年後に大変な事件が起きることも、そのせいでこの動画がすごい勢いで視聴回数を伸ばすことも。

シルクロードを旅する

中国・キルギス・イタリア
／2011～2012年

第8章

CHINA,KYRGYZ,ITALY/
2011-2012

スキップで行く!?　シルクロード

２０１１年秋。僕は一度日本に戻り、実家の引越しを手伝いながら、次の冒険に出ようと企てていた。ソウルで初めてのフリーハグを撮影してから3カ月が過ぎたころのことだ。

ソウルでのフリーハグの動画は、期待していたほど視聴回数が伸びなかった。でも、だからといって僕の冒険が終わるわけではない。唯一無二を目指すためにも、さらに冒険を続けなければならない。

次にどこへ行くかは、もうすでに決めていた。中国の西安だ。

前に行った西安では、地獄のような反日デモを見た。いっぽうで、日本の文化に深い興味を持って日本語を学ぶ人たちにも出会った。そんな、まったく異なるふたつの面を見せてくれたのが西安だった。

以前は中国語がネックとなり、シルクロードを旅することを諦めてしまった。でも今回こそは、シルクロードの冒険を決行しようと決意していた。もちろん動画も撮影していく。

さて、どうやってこれからの長旅を進めていこうか。

自転車はオーストラリアと台湾でやっているので、別の方法がいい。では、ランニング？　でも、ランニングでシルクロードを完走した日本人はすでにいる。もうだれかがやってしまったことは避けたかった。

そこで思いついた案がある。それは、スキップだ。

これは、かなり前から温めていたアイデアだ。撮影するときには定点カメラを置いて、画面の右から左にスキップしていく。場所をどんどん変え、さまざまな場所で、同じように画面右から左に向けてスキップ。その動画を編集して、1本の作品にする。スキップする僕の姿は、きっと幸せそうに見えるはずだ。僕の姿を見たみんなも幸せになるに違いない。

なんて斬新なアイデア！　我ながら名案だ！

僕はこの発明的なアイデアを「スキッピース」と名付けた。

11月、僕はすっかり慣れ親しんだ西安の街に着いた。そして、日本から持ってきたジョギングシューズに履き替えた。これなら軽やかにスキップができる。

いよいよ「スキッピース」のはじまりだ。西安から12カ国を経由してイタリアのナポリまで行く、長い長い旅が始まるぞ！　頭のなかには、全行程で半年を超えるほどの、壮大なスキップ旅を描いていた。

僕は、満を持してスタート地点に立った。その場所に選んだのは、シルクロードの始まりを示す像が立つ公園だ。

さあ、いよいよカメラを回し、スキップをスタート！

僕は、撮影時以外も、街のみんなに笑顔になってもらうため、できるだけスキップで行こうと決めていた。ところが、スキップしながら移動している僕を見て、街の人たちはみんなギョッとした顔をした。

どうもイメージしていたのと違うな……。しかも、スキップだけでは思ったよりスピードが出ない。もしかしたら、歩くよりキツいかも……。

僕は、ときどき歩いたりして距離を稼ぎ、1日目に35キロ、2日目に40キロを進んだ。そしてスキッピース開始から３日。ついに決定的な異変が起きた。つま先がしだいに痛くなり、あっという間に激痛になったのだ。しばらく休んでみたものの、痛みは治りそうにない。痛くて痛くて、これ以上進めそうになかった。

スキップがこれほど肉体的にキツいとは……。悔しいけれど、しかたがない。

僕はバスに乗り、西安の街に戻った。そしてスキップの旅は静かに幕を下ろした。

西安の街に戻った僕は、自転車店に直行した。オーストラリア、台湾に続き、僕の相棒はやっぱり自転車なのだ。しきり直して再スタートだ！

自転車でスピードを上げる旅なら、最低限の荷物で移動するほうがいい。動画撮影に必要な機材は、もしかすると重くて邪魔になるかもしれない。今回は動画撮影よりも、冒険に集中することにしよう。そう決めると、僕はさっそくサドルにまたがった。

速い！　快適！　自転車って最高だ！

今度はスムーズに移動が続き、１日約１００キロのペースで進むことができた。一瞬で新しい自転車に愛着が湧いた。つま先は相変わらず痛かったけれど、ももの筋肉を使って、ガシガシ漕いだ。

風はものすごく冷たかった。日本にいると想像もつかなかったのだが、この時期の中国の内陸部はもう真冬だったのだ。でも、そんなことで僕の勢いは衰えなかった。むしろ「こんな真冬に僕みたいな旅をやる人はほかにだれもいないだろう」と思うと、ちょっと愉快でさえあった。

道は都会を離れ、小さな田舎町を結ぶようになった。僕が訪れた田舎の小さな街々では、「これまで日本人に会ったことが一度もない」という人もいっぱいいた。

僕の勝手なイメージでは、中国は奥に行けば行くほど「日本人嫌い」が強くなると思っていた。中国のテレビでは抗日ドラマがよく流れているし、「それが日本人のイメージならば、日本人のことを嫌いになって当たり前だ」と思い込んでいたのだ。

ところが僕が出会った人たちはみんな、日本人である僕を喜んでもてなしてくれた。美味しいごはんを分け与えてくれたり、気さくに話しかけて道中を心配してくれたり。警察官も、宿を紹介してくれる人もいれば、派出所に泊めてくれる人までいた。

ここにも、僕の抱いていたイメージとは真逆と言ってもいいような世界が広がっていた。

僕の見た世界をみんなに伝えたい。思いをみんなと共有したい。口を増すごとに僕のその思いは強くなっていった。

キムくんとの出会い

シルクロードの旅をしていると、ときどき日本人旅行客が多く泊まる宿というのがある。どこもだいたい宿代は安価で、宿帳があり、そこに名前を書くシステムになっている。

僕はその宿帳で、たびたび同じ名前を目にした。

「Ｔａｅｊｕｎ　Ｋｉｍ」

なんと読むのだろう。キム・テジュン？　韓国の人だろうか。寒くて長いシルクロードを旅している人が、僕のほかにもいるのだ。宿の人からも、何度か「同じように自転車で旅している人がいるよ」と言われた。でも、とくに会ったりしゃべったりする機会はなく、僕はなんとなくその存在を意識しながらも、ひとり黙々と自転車を漕ぎ続けた。

僕たちが出会ったのは、西安を出発してから約1カ月後のことだった。新疆《シンチャン》ウイグル自治区の州都・ウルムチで、僕は初めて彼を見かけた。彼は宿のロビーに陣取り、Yahoo! Japanの検索ページを眺めていた。あれ、日本語がわかるのかな？

僕は思い切って、彼に英語で話しかけてみた。

「Are you a Korean?（あなたは韓国人ですか？）」

すると、彼からこんな言葉が日本語で返ってきた。

「あ、きみが桑原くん？」

それは、意外にもなめらかな日本語だった。

彼の名前は金《キム》泰俊《テジュン》といった。

その夜、おたがいの旅についてあれこれ話しているときに、キムくんは教えてくれた。

「桑原くん、カザフスタンのビザを待っているんだよね？　それならあと数日は、ここで足止めになっちゃうと思うよ」

ウルムチの街では、僕らのような旅行者はビザを取るために何日間も足止めをくらってしまうというのだ。その先にあるウズベキスタン、トルクメニスタンでも、同じように時間がかかるらしい。

僕たちは宿で足止めをくらったまま暇を持て余すことになった。宿の近くでは安い酒がたくさん売られていた。それで僕とキムくんは、自然と毎晩飲み明かすようになった。

キムくんのことも、だんだんわかってきた。キムくんは横浜出身の在日コリアン三世だ。おじいさんが早くして亡くなり、彼自身は韓国語をまったく読み書きすることができないという。

在日コリアンとは、朝鮮半島出身の、戦前に日本に定住化した人々や、その子ども、孫たちのことだ。１９１０年の韓国併合により、朝鮮半島は日本の領土となった。それに伴って日本国籍になった彼らは戦後、日本の外国人登録制度の対象になった。彼らは「特別永住者」という在留資格を持って、日本に住んでいる。日本には現在、日本国籍を取得した人、韓国籍を取得した人、それから、どちらも選ばずに、または選ぶ余裕もなくそのままになっている人を含め、１００万人以上の在日コリアンが暮らしている。

　僕はそれまで在日コリアンのことをほとんどなにも知らず、彼らについて考えたこともなかった。でも、僕が知らなかっただけで、僕の周囲にも何人か、在日コリアンの人がいたのかもしれない。

　キムくんはこの年の夏、勤めていた会社を退職し、中国の上海からポルトガルのロカ岬まで、ユーラシア大陸横断の自転車旅をしているのだという。

　キムくんには、本名とは別に日本式の通称名（通名）があるそうだ。

　朝鮮が日本の支配下にあった１９４０年、日本は「創氏改名」という政策で、朝鮮の人々に日本式の名前を名乗らせた。第二次世界大戦が終わると同時にこの政策も終わったが、日本に残った在日コリアンのなかには、差別や偏見が残るために、その日本式の名前を通名として使い続けている人も多い。

在日コリアンの人たちは、いろんな背景を抱えているから、思いは人それぞれだ。キムくん自身は通名を名乗るたび、なんだかウソをついているようなうしろめたさを覚えていたという。キムくんは僕にこう言った。

「俺は、いつまでこの悩みをくり返して生きていくんだろう。ずっとそう思っていたんだ。それで、自分なりに答えを出したくて、旅に出ようと思ったんだ」

僕たちは朝まで一緒に飲みながら、自分のルーツや人生、夢、マイノリティとして生きていくことなどについて語り明かした。日本語で気兼ねなくしゃべれるということも、もしかしたら嬉しかったのかもしれない。

旅自体は基本的に単独旅行だが、この先、何度かキムくんとは合流した。

忘れられないできごとがある。それは、キムくんと初めて出会った場所から約１０００キロ以上も先の、キルギスという国の宿で再会したときのことだ。その宿は首都ビシュケクの街なかにあり、めずらしく、「南旅館」という日本語の名前がつけられていた。オーナーが日本語を話せるため、日本人客が集まってくるのだ。

その夜は僕らのほかに、日本人の旅人が数人宿泊していた。キムくんが例によってお酒を飲みながら、在日コリアンとしていまの日本社会で直面する偏見などの悩みを吐露していたとき、ひとりの日本人大学生が、ひと言、こんなことを言い放った。

「俺たちには関係ない話ですよ。自分たちで解決してくださいよ」

え？　いま、なんて言った？

僕は一瞬、耳を疑った。どうしてそんなひどい言い方ができてしまうのか！　だって、目の前に在日コリアンのキムくんがいるんだよ？　日本社会で、一緒に生きている存在なんだよ？

人間って、こんなに冷たくなれるの？

酔いは一気に醒めた。その言葉に強いショックを受けると同時に、同じ日本人でもいろんな人がいるんだということを思い知り、切なくなった。

いっぽうで、これまでの無知な自分のことも振り返った。これまで「国を越えて、みんなと仲良くしたい！」と何度も思ってきたけれど、そのとき僕は、同じ日本に住んでいる彼ら在日コリアンのことを考えることができていなかったのだ。僕はそれを深く深く恥じた。

「やっぱり僕は、どの国の人とも、みんなと仲良くしたい。そのためには、もっといろいろなことを知ろう。そして、僕にできることをやらなくては」

僕の旅、キムくんの旅

シルクロードの道はさらに続く。ところどころ舗装の行き届かない場所もある、ひどい一本道だ。砂漠のような荒くれた場所もある。その一本道を、寒さに体をこわばらせながら、僕たちはただ進んでいった。僕もキムくんも、それぞれの思いを抱え、それぞれのペースで乗り越えていった。

僕はキムくんのことを考えながらペダルを踏んだ。そして、あの大学生の言葉。あれは、日本の「世間の声」なのかもしれない。そう思うと僕の気持ちは沈んだ。

僕もキムくんも、同じ日本に生まれて、同じ日本を故郷だと思って生きている。

僕もキムくんも、この厳しいシルクロードの道を乗り越えようと、懸命に自転車を漕いでいる。

同じ思いを抱く仲間が心に痛みを覚えれば、僕も同じように傷つくんだ。そのことを僕は痛感した。

ひたすら自転車を漕ぎ続けていると、乾燥した大気は、僕の思考回路をしだいにシンプルにさせていった。とにかく西へ、西へ進むのみだ。

シルクロードの旅で僕が気付いたのは、道中の中国以外の国々に、中国語を理解できる人が少なからずいたということだ。そこに住む人々の関心が、経済発展の目覚ましい中国に向いていることを痛感させられた。

とはいえ、土地土地には独自の文化が色濃く残っていた。民族衣装を着た人々が祭りをしているところに出会ったり、大きな広場で宗教的な儀式が行われているのを見たり。それらは、テレビやネットでもなかなか見かけないような光景で、僕は世界の広さを肌で感じることができた。

人々はみんな、優しくて気前がよかった。ある国では、法律上外国人の宿泊が許されない安宿でも、主人の好意で泊めてくれたりした。

ただ、大陸はあまりにも広大で、くる日もくる日も続く一本道に、体はどんどん疲弊していった。途中、足を痛めて１カ月ほど宿で寝たきりになってしまったこともあった。


そんなふうに旅を続け、翌２０１２年の７月、僕はついにイタリアのナポリでゴールを迎えた。ユーラシア大陸を、僕は自転車で横断したのだ。季節は出発した秋から冬、春を過ぎ、すっかり夏になっていた。

同じころ、キムくんもポルトガル・ロカ岬でゴールを迎えた。

キムくんがこの旅で、なにを考え、なにを得たのか。それは僕にはわからない。でも、僕が僕なりにこの体で実際に見聞きし、学び、いろんなことを考えたように、キムくんもキムくんなりになにかを実際に見聞きし、学び、考えたに違いない。

だれにだってその人にとっては唯一の、厳しくて苦しくて、そして生きる喜びに満ちた人生がある。そのことは変わらないのだ。

GIANT

現在キムくんは、日本人の女性と結婚し、東京・浅草で人力車の車夫として働いている。僕の両親を人力車に乗せて運んでくれたこともある。

僕たちは一生の友達になった。東京で会うたびについ深酒をしてしまうのは、シルクロードで一緒に語り合ったあの日々を思い出してしまうからかもしれない。

あるとき、僕はキルギスであの大学生に言われたことをどう思ったか、キムくんに聞いてみたことがある。キムくんは旅のあいだ、毎日日記を付けていた。どんなに酔っ払っても、天気や使ったお金、そして抱いた思いをこと細かく記録に残していた。僕はそのノートの束を見せてもらい、その精緻さに驚かされた。それで、そのときのことも記録しているのではないかと思ったのだ。

でもキムくんは「酔っ払っていたから覚えていない」と言って、取り合ってくれなかった。

警察官に取り囲まれた南京フリーハグ

第9章

群馬・中国／2012〜2014年

GUNMA,CHINA/2012-2014

僕の動画がバズった！

２０１２年の夏、シルクロードの旅から帰った僕は、ふたたび群馬の実家へ帰り、ロンドン五輪の中継をテレビでのんびり楽しんでいた。シルクロードではネット環境が乏しくてなかなかチェックできなかった自分の動画の再生回数も、毎日チェックするようになっていた。

そんなある日、びっくりするようなことが起きた。ソウルで撮影した初めてのフリーハグの動画が、突然再生回数を伸ばしはじめたのだ。カウンターの数字を見ながら、驚きのあまり僕は言葉を失った。１００万、１１０万、１２０万、１３０万……どんどん伸びていく。いわゆる「バズる」というやつだ。

僕の動画がバズった！　でも、１年前の動画が、なぜいま？

その理由は、すぐにわかった。

当時、韓国の李明博《イミョンバク》元大統領が竹島（韓国名・独島《ドクト》）に上陸するという事件が起こり、日韓関係が急激に悪くなった。

竹島は、島根県隠岐の島町にあり、日本と韓国がともに「固有の領土」と主張している島だ。日本は１９０５年、竹島を島根県の一部として領土に編入することを決めた。いっぽう韓国は１９５２年、韓国と日本のあいだの日本海上に、国境線として「李《イ》承晩《スンマン》ライン」を引き、竹島を韓国側の領土に入れた。１９５４年からは沿岸警備隊を常駐させている。

その竹島に、この年の8月10日、李明博大統領が上陸し、島の警備状況などを視察したのだ。日本政府は韓国の上陸強行に強く抗議した。

このことがきっかけとなり、僕の動画がツイッターで話題になった。ある人気芸能人が僕の動画を引用して「こんなふうに日韓関係がよくなれればいいのにな」とツイートすると、それがネットニュースの記事になり、テレビや新聞で取り上げられるようになった。すると、再生回数はさらにケタ違いに伸びていった。

再生回数と比例して、動画に対する反応も爆発的に増えた。

ＹｏｕＴｕｂｅには、視聴者が評価をつける機能があるのだが、このフリーハグの動画は高評価が７割、低評価が３割。好感を持って見てくれている人のほうが多かった。また、ほかの視聴者には見えない「ダイレクトメッセージ」という機能もあり、そこで温かい声をいただいたり、ツイッターなどで応援や励ましの言葉を見かけたりすることもたくさんあった。

　しかし、視聴者にも見ることができるコメント欄には、罵詈雑言が圧倒的に多かった。いわゆる「コメント欄が荒れる」というやつだ。コメントが付くスピードは、目で追っていても追いつけないほどだ。

　このことを知っている人のなかには、僕が相当落ち込んでいるのではと心配してくれる人もいたけれど、当の僕は落ち込みよりも圧倒的に大きな喜びを感じていた。

　だって、僕の動画がたくさんの人に見てもらえたのだ。そして、僕の伝えたいことがしっかり伝わり、どんな形であれ、たくさんの人の心を動かしたのだ。すべての反応は、それを実感できる「手応え」にほかならなかった。そのことがただ嬉しかった。

　結局、初めてのフリーハグの動画は、１４０万回も再生された。

「そうだ、僕はこれからもいろんな国でフリーハグを続けよう！」

　正しさは人それぞれ違う。だから、強い批判があるのはしかたがない。批判がくるのは、たくさんの人に見てもらえた証拠だ。いい流れに乗った、そう思えばいいんだ。

南京からの技能実習生

それからは、日本ではアルバイトでお金を貯め、海外でフリーハグの動画を撮る、そのくり返しの生活が始まった。箱根や草津など全国のリゾート地で働き、2013年には1年間で台湾の台北、中国の北京、香港、そしてもう一度韓国のソウルで、フリーハグの活動をすることができた。

蔡心怡《ツァイシンイー》くんたちと出会ったのも、そんな生活のなかでのことだった。2013年の秋ごろ、僕は群馬県の万座温泉で住み込みのアルバイトをしていた。

ふとんを畳んだり、掃除をしたりしながらアルバイトに明け暮れていたある日、僕の耳に中国語が聞こえてきた。技能実習生として、中国から働きにきている人たちだ。

僕は近づいて、中国語で話しかけてみた。

「你从哪里来《ニーツォンナーリィライ》?（どこから来たの?）」

彼らはみな、驚いた表情でいっせいに僕を見た。中国語のわかる従業員がほかにいるとは思わなかったのだろう。僕はもう一度聞いた。

「どこから来たの？」

4人のうちのひとり、ツァイくんが答えてくれた。

「な、南京です」

南京か——。

南京は中国の東部、長江の南岸にある都市で、昔から有数の大都市として栄えてきた。そして、日本とは歴史的に複雑な関係がある。

日中戦争が始まって5ヶ月後の1937年12月13日、当時中国の首都だった南京を日本が占領し、捕虜や一般市民を殺害するなどした。これを「南京事件」という。犠牲者の数などは、日本と中国で見解が割れている。

その日、僕は思い切って、ツァイくんたちに北京でのフリーハグの動画を見せてみた。彼らは動画を見て、とても驚いた。

「これ、桑原くんだよね？　きみ、中国でフリーハグをしたの？」

「そうなんだ」

みんな嬉しそうに笑顔を向けてくれた。動画から、僕の「日中友好」の思いを汲み取ってくれたみたいだ。拍子抜けするほど素直に喜んでくれたので、僕はとても嬉しくなった。そして、とっさにこんな提案を切り出してみた。

「いつか南京でもフリーハグをやるよ。そのときにはぜひ手伝って！」

彼らは一瞬びっくりしたような顔をして、それからすぐにこう答えた。

「もちろん！」

僕はこのとき、30歳になる直前だった。20代最後になにか大きなチャレンジをして、人の心を強く揺さぶるような、インパクトのある動画を撮影したいと思っていた。

どこがいいだろう。まだ行ったことのない場所がいい。フリーハグをすることに意味のある場所。動画を見る人が驚いてくれるような場所……。

ツァイくんたちに出会ったのは、もう偶然ではない。運命だと思った。次のフリーハグの行き先は、南京だ！

警察官に捕まった！

翌2014年の4月、ツァイくんたちが帰国してから少し経って、僕はさっそく彼らに連絡を取った。

「僕、南京へ行くよ。フリーハグをするから手伝って！」

すると、こんな返事が返ってきた。

「ええっ！　ホントに来るんですか？　わかりました、手伝います！」

大阪から船で上海に行き、そこから鉄道に乗り換えた。僕が南京に降り立ったのは、彼らに連絡を取ってからほんの数日後のことだった。スケジュールが合わずふたりは来ることができなかったが、ツァイくんともうひとりが僕を迎えてくれた。

僕らはフリーハグをするのによさそうな人通りのある場所を探して歩き、南京の街の中心部の繁華街・新街口《シンチェーコウ》の一角で始めることにした。

カメラを不安そうに構えているツァイくんが、弱気な様子で僕に言った。

「ちょっとでも嫌悪感を持ったような人がやってきたら、すぐに撮影を中断しよう」

「大丈夫だよ」

僕は言った。

「うん、大丈夫だよ。なにか言われたら、場所を移動すればいいじゃん！」

もうひとりは、僕と似たような楽観的な性格のようだ。僕たちは、一緒になってツァイくんを励ました。

トライ&エラーの精神で、とにかく始めよう！

僕はいつものように、ボードを掲げて両手を広げた。ツァイくんがそんな僕に向かってカメラを構える。不安そうなツァイくんの横で、もうひとりの友達は笑顔を見せている。

この日のボードには、日本と中国の国旗を並べて描いた。そしてその上に漢字でこう書いた。

中日友好、一起抱抱

租售热线
025-84761888

中日友好
一起抱抱

これは「友好のために、一緒にハグしましょう」という意味だ。これで、僕たちのメッセージが南京の人たちに伝わるはずだ。

ところが、このボードが災いの元になった。撮影を始めた直後、このボードを見た男性が強い足取りで歩み寄ってきたのだ。

「中国の国旗と日本の国旗を一緒に書くな！」

男性はかなり強い口調で僕に言った。このボードに激しい怒りを感じているようだ。

僕は怒鳴られて怖いというよりも、悲しさがこみあげた。ああ、日本に対して嫌悪感を抱く人は、やはりいるのか。「日中の友好を」という思いで国旗の絵を並べたけれど、それがこんなに、人の怒りを買ってしまうんだ……。

ツァイくんを見ると、すっかり怯えた様子でカメラを下ろしていた。僕のなかに、一瞬、弱気な気持ちがよぎった。ツァイくんが心配していたように、南京には、北京や上海、西安よりはるかに、反日感情の強い人が多いのかもしれない。

僕らはおとなしくボードを下げ、撮影をやめ、その場を離れた。

歩きながら深呼吸をして、こわばった心をゆっくりほぐした。そして、いままでやってきたフリーハグのことを思い出した。

だれかの敵意をぶつけられるのは、初めてじゃない。いままでだって何度もあった。南京だけが特別なわけじゃない。それならば、きっとここにも僕と同じ気持ちの人たちがいるはずだ。そのことを信じて心を開けば、ハグしてくれる人はいるに違いない。

ここでやめるわけにはいかない。僕はまた、ボードを高く掲げ、両手を広げた。ツアイくんも、勇気を奮い起こしてカメラを構えてくれた。

張り詰めた時間が流れた。

しばらくそうしていると、また男性がつかつかと近づいてきた。また怒鳴られるのだろうか？　そんな恐怖が頭を駆けめぐった。ところが……。

男性は、僕の正面に立つと、次の瞬間、両腕を開いた。そして、僕の体をぎゅっと抱きしめてくれた。

思いが通じた！　僕に心を開いてくれる人がいた！

僕は嬉しさで胸がいっぱいになって、男性を抱きしめ返した。

男性が去ると、僕はツァイくんを振り返った。

「ツァイくん！」

彼はすこし離れたところでカメラを構えていたけれど、表情をほぐし、僕に笑顔を見せてくれた。そして、うんうんと何度かうなずいた。「大丈夫、ちゃんとカメラに収めたよ」というサインだ。少し離れたところで僕らを見守っていたもうひとりの友達も、胸のあたりでこぶしを握って見せてくれた。

街なかでは市の警察官が見回りをしている。撮影をしていると、ときどき彼らに注意を受けることがあり、僕たちはそのたびに撮影を中断し、少しだけ移動した。南京に滞在できる時間は限られている。多少強引でも、いまやらなければ、きっと後悔する。

街頭で、駅構内で……。ハグをしてくれる人はポツリポツリと現れて、温かい声をかけてくれた。

「謝謝！」

第9章

警察官に取り囲まれた南京フリーハグ

僕は彼らに心からそう言った。ツァイくんも調子をつかんできたようで、カメラを構える姿もサマになってきた。もうひとりは、どんどん場所を見付けては、より人通りの多い通りへと僕らを案内してくれた。

ところが、その直後のことだった。

「おい、なにしているんだ」

警察官が数人、僕に近づいてきた。一瞬にして、和やかだった雰囲気が凍りついた。僕らはあっという間に、数人の警察官に取り囲まれてしまった。ツァイくんを見ると、顔面が真っ青になっていた。

「お前も彼と一緒か？」

警察官からの問いに、ツァイくんはこう答えた。

「ち、違います！」

そしてその場を離れてしまった。

（ツ、ツァイくん！）

ツァイくんの行動にあっけにとられる間もなく、僕ともうひとりは近くの警察署に連行された。

僕らは椅子に座らされ、数人の警察官が、僕らを見下ろすように立ちはだかっている。僕は内心、恐怖で心臓が張り裂けそうだった。

シルクロードの旅で出会った警察官たちのことを思い出した。彼らはみんな素朴で優しかった。彼らも、いま目の前にいるのと同じ「中国の警察官」だった。でも、明らかにいまの状況はあのときとは違う。警察官たちは一様に厳しい表情を浮かべ、高圧的な態度で、僕たちを取り囲んでいる。僕らはいま、取り調べを受けようとしているのだ。

僕は恐ろしくなった。このまま拘束されたらどうしよう。懲役でもついてしまったら、どんな末路が待っているのだろう。日本に帰れなくなってしまうかもしれない。

僕は悪いことをしたつもりはない。でも、ここにどんな法律があるのか詳しくは知らないし、なにか法に触れるようなことをしてしまったかもしれない。

不安はみるみる大きくなった。心臓がドキドキと鳴っていた。

一緒に連行されたもうひとりの友達は、警察官にあれこれ聞かれ、恐縮した様子で、一生懸命それに答えている。もちろんやりとりは中国語だ。僕も西安の語学センターで中国語を学んではいたけれど、ふたりの話すスピードが速すぎて、僕の語学力では聞き取ることができなかった。でもそのなかで、聞き取れたフレーズがあった。それは、警察官のこんな質問だった。

「ボードに書いてある『一起抱抱』というのはどういう意味なんだ？」

それに対して友達は、おそるおそる答えた。

「『平和を願ってハグをしましょう』という意味です」

重い沈黙が訪れた。

その沈黙は、とても長いものだった。警察官が僕たちのやっていたことの意図を知り、どう対応しようか迷っていたのかもしれない。それとも、僕が緊張しすぎて、ほんの一瞬の時間をとても長く感じただけだろうか。

その警察官は、僕らに言った。

「それなら平和の鳩も描けばいいじゃないか！」

次の瞬間、どっと笑い声が起きた。警察官も友達も、みんな笑っている！

僕はその光景を見ながら、少し出遅れて理解した。「あ、そうか。警察官は冗談を言ったんだ。つまり、僕らの意図を好意的に受け止めてくれたんだ！　僕たちはもしかしたら大丈夫かもしれない」

友達と警察官の会話は続いていた。

「ちょっと、彼に鳩を描くように伝えてよ」

警察官が言う。友達は笑顔で答える。

「ハハハ、わかりました！」

「彼は日本で働いているの？」

「はい、彼は日本で働いて、お金を貯めて、世界じゅうで、ひとりでこの活動をしているんです」

「ひとりで？　すごいな！　Ｇｏｏｄ！」

警察官は、僕に笑顔を向けた。そして僕の顔の前に親指を突き出し、僕の活動にエールを送ってくれた。

POLICE

ああ、ありがとうございます！

「謝謝！　謝謝！」

僕は一気に緊張がほぐれ、嬉しくなって、そう言いながら頭を下げた。

僕らは約20分後、笑顔の警察官たちに見送られて釈放された。

このとき友達が教えてくれた。なんと彼は、警察署での一部始終をこっそり撮影していたというのだ。すごい度胸だ！　その映像には、警察官に「Ｇｏｏｄ！」と声をかけられ、安堵に顔をくしゃくしゃにしながら笑っている僕が、ばっちり映っていた。

自由になると、僕らはまずツァイくんに電話をかけた。ツァイくんはすぐ近くで待機していた。彼はただ怖くて逃げたのではなく（いや、もちろんそれも少しはあったかもしれないけれど）、自分が警察署に連れていかれれば動画が消されてしまうのではないかと心配したらしい。

僕は言った。

「さ、フリーハグを続けよう！」

僕には、ツァイくんたちという、ほんとうに頼もしい仲間がいる。それに、警察官に笑顔で送り出されたということは、「フリーハグをしてもいい」というお墨付きをもらったようなものだ。もう大丈夫！

まただれかに敵意を向けられるかもしれない。不安な気持ちもすこしは残っていたけれど、「きっとわかり合えるはず！」と信じる気持ちのほうが、ずっと強くなっていた。

僕はプレートを掲げ、両手を広げた。笑顔は自然にこぼれた。

「こっちに来てよ！　友達でしょ？」

そんな気持ちで、行き交う人々に視線を送る。

南京は大都会だけれど、シャイな人が多いような印象を受けた。プレートを見ながらもなかなか一歩を踏み出せない人々。その顔には「ハグしてみたいけど、恥ずかしい」と書いてあるようだ。けれど、僕がタイミングを見ながらうまく視線を合わせたり、笑顔を向けたりとエスコートすることで、彼らは勇気を出して、一歩を踏み出してくれた。

うしろからヒョイッと背中を抱きしめてくれる人や、友達と一緒にハグしてくれる人もいた。小さな子どもたちは、どの国でも笑顔いっぱいで、無邪気にかけよってきてくれる。

よく見れば、南京だってほかの街となにも変わらなかった。

実際にそこへ行き、街の人たちとふれ合ってみなければ、そのことに気付くことはできなかっただろう。南京は「反日感情を持つ人ばかりの街」なんかでは、断じてない。いまの僕はそれを証明できる。だって、僕が直接、目で見て耳で聞き、そしてハグしてきたのだから。

ツァイくんはその後、東京にある大学の大学院生になった。僕らは、ときどき会っては神田川のほとりを散歩したり、ラーメンを食べたりと、なんでもない休日を一緒に過ごしている。警察署内で一緒に取り調べを受けた友達は現在、中国国内にいて、ＳＮＳでたまにやり取りをしている。

南京の一件を通じて、僕には心強い友達ができた。

フリーハグが広がっていく

僕は南京のあとも、アルバイト生活と海外でのフリーハグをくり返す日々を続けた。

２０１６年からは、ハグのときにアイマスクで目隠しをするようになった。どうすればもっとたくさんの人に僕のメッセージを伝えられるか、そう考えてたどり着いたアイデアだった。僕がアイマスクをしていると、通りすがりの人はこちらに注目しやすくなる。ボードに書いたメッセージをじっくり読んでくれる人も増えるのだ。

もちろん、僕の視界は真っ暗になってしまう。どんな人が近づいてくるか、いつハグされるかもわからないから、不安や怖さは、それまでとは比べものにならないほど大きくなる。でも、だからこそ、僕のなかの「みんなを信じる気持ち」も強くなるのだ。

僕はただ信じて待ち続ける。すると、それを見た人は、「こいつのメッセージは本物だ」と感じ、「ハグをしにいってやろう」と思ってくれる。ハグしにきてくれる人にとっては、こちらが笑顔や視線で誘うハグよりも、主体的で能動的なハグ体験になる。

2018年からは「グループハグ」というのも始めてみた。

僕の動画を見て「自分もフリーハグをやってみたい」と言ってくれる人が増えてきたので、みんなで一緒にやることにしたのだ。

グループハグでは、いつものようにだれかが僕にハグをしてくれた瞬間、周囲で待機していた人たちが僕らに駆け寄り集団でハグをするのだ。最初はびっくりされるけれど、必ずみんな笑顔になって、一緒に盛り上がってくれる。

フリーハグの活動を通じて仲間が増えていくのは、とても嬉しい。そして、笑顔の輪が広がるグループハグの動画が、僕は大好きだ。


それにしても、僕が不思議に思うのは、ハグをするときに「ありがとう」と声をかけてくれる人が多いことだ。この「ありがとう」には、どんな思いが込められているのだろう。僕が国と国との友好のために活動していることを、感謝してくれているのだろうか。

もしも僕なら、「勇気があるね」「がんばって」とは言うかもしれない。でも「ありがとう」とは言わない気がする。どうしてだろう。

海外のみんなが僕にかけてくれる「ありがとう」という言葉の意味について、僕はいまも考え続けている。

日本で韓国人フリーハガーを撮る日

京都・大阪／
2015〜2016年

KYOTO,OSAKA/
2015-2016

第10章

ある韓国人女性からのメッセージ

「私もフリーハグをしてみたいです。
韓国人のみんなが日本人を嫌いなわけじゃないと伝えたいんです。
どうすればいいか、ぜひアドバイスをください」

2015年のある日、Facebookにダイレクトメッセージが届いた。送り主は、日本の大学に留学している韓国人、尹《ユン》粋《ス》娟《ヨン》さん。スヨンさんは、日本文化に興味を持ち、思い切って日本の大学へ留学生としてやってきた。ところが、日に日に冷え込んでいく日韓関係を見て、胸を痛めていたそうだ。

そのころ日韓の関係は、徴用工問題などをきっかけに悪化していた。ネットやテレビ、雑誌などを見ると、韓国を批判する文言であふれ返っていた。

スヨンさんはそんな状況を憂い、自分にできることはないかと模索し焦る日々を送っていた。そんなときに僕の動画を見たのだという。

彼女は「自分も同じように、日韓友好のメッセージを伝えたい！」という思いに揺き立てられ、いても立ってもいられず連絡をくれたのだそうだ。僕はダイレクトメッセージをもらったことがとっても嬉しくて、すぐに返信を送った。

「僕は、だれか外国の人が日本でフリーハグをやってくれないかなと
ずっと思っていたんです。
韓国人であるあなたが、
日韓友好のフリーハグを日本でやってくれたら、
こんなに嬉しいことはありません」

「お返事ありがとうございます！
やってみようと思っています。
ぜひ、アドバイスをください」

「それなら、直接会って話をしましょう！」

こうして僕らは京都で会うことになった。

初めて会ったスヨンさんは、華奢で小柄で、一見ふつうの女の子だった。ひとりで

フリーハグをするようなたくましい雰囲気はなかった。でも、眼差しに強い意志があるのが印象的だった。

ひとしきり自己紹介が済むと、スヨンさんはさっそく僕に切り出した。

「私、京都で、チマチョゴリ（韓国の伝統衣装）を着てフリーハグをしたいんです」

「おおっ！　すごくいいと思うよ！」

日本人と顔立ちの似ている韓国の人が街に立ったところで、ひと目で「韓国人」と判断してもらえるかどうかは、難しいところだ。でも、チマチョゴリを着ていれば、一発で「韓国の人だ」とわかってもらえる。ナイス・アイデアだと思った。

スヨンさんはその日のために、チマチョゴリを故郷から持参していた。

「動画の撮影は僕にまかせて！」

僕たちはすぐに京都の街へ出た。

あちこち観察しながら、日本らしい情緒が残る場所、それでいて観光客や地元の人など、人通りの多い場所を探した。そして、新京極のアーケード街で撮影することに決めた。ここなら、動画の視聴者もすぐに日本だとわかる。人通りが多いから、注目を浴びやすい。車の通りもない。

僕はこれまで何度もフリーハグを「撮影されて」きた。撮影してくれるのは僕の友達や、募集をかけて賛同してくれた現地の人たちだ。でも、だれかのフリーハグを「撮影する」のは、このときが初めてだった。

僕は自分の動画を編集しながら、よくこんなことを思っていた。

「もっと近い場所から撮影してほしかった」

「ここはもっと、まわりの反応を写してほしかった」

僕が「決定的瞬間だ！」と思っても、映像ではあまりフォーカスされていないこともあった。

経験を重ねるうちに、動画づくりに対してあれこれ欲やこだわりが生まれていたのだ。だから、撮影する側に回ることは、僕にとってワクワクする経験でもあった。

その日は、空が薄い雲に覆われていた。スヨンさんの表情も最初は同じように曇っていて、足取りも立ち姿も、どことなく自信なさげだった。初めてのフリーハグへの不安が、全身からにじみ出ていた。僕は、その表情をしっかりどアップで撮影し、彼女の心象をしっかりと映像に収めた。

京都の雑踏に、不安げに立つスヨンさん。それでもメッセージを掲げ、両手を広げ続けるスヨンさん。僕は、次々とアングルを変えながら、夢中になって撮り続けた。

日本人はやっぱりシャイな性格なのか、なかなかスヨンさんに近づく人が現れない。ただときが過ぎていく。撮影をする側になってみると、スヨンさんの気持ちや流れていく時間が、より客観的に、そしてよりクリアに、感じられるような気がした。

しばらくすると、地元の人らしい若い女の子のふたり連れが、笑顔でスヨンさんに歩み寄った。

「アニョハセヨ！（こんにちは！）」

ふたりは片言の韓国語でそう言って、スヨンさんに向かって両腕を広げた。

「こんにちは、ありがとう！」

スヨンさんはやっと明るい笑顔を見せ、この日初めてのハグをした。

ふたりはさらに、スヨンさんに話しかけた。

「ウリ　ハングギ　サランハムニダ（私たち、韓国が大好きです）」

「カムサハムニダ！（ありがとう！）」

スヨンさんは元気な声で、女の子たちにそう言った。

これを皮切りに、若い女性たちがスヨンさんをハグする流れが続いた。スヨンさんの表情はみるみる明るくなり、「これで大丈夫！」という自信が感じられるようになっていった。

こうなれば、スヨンさんのペースだ。子どもも、おばさんも、若い男の子も、制服を着た学生もやってきて、スヨンさんと笑顔でハグを交わしていく。

僕は、スヨンさんの気持ちの変化や、人々の心の動き、そしてその場の空気が伝わるように、夢中で撮影し続けた。それはすばらしい数時間だった。

スヨンさんはフリーハグを終えたあと、

「最初は緊張しましたが、すぐにそれはなくなりました。すごく充実した時間になりました！　ありがとうございました」

と話し、笑顔を見せてくれた。

スヨンさんはその後、フリーハグをしながら日本を縦断する旅に出た。いろいろな人が彼女に賛同し、撮影などの協力を申し出た。僕は送られてくる動画を見ながら、彼女の思いが日本のなかで広がっていくのを感じた。

スヨンさんは、北海道から沖縄まで移動しながら、２０００人以上の日本人とハグをした。その道中では、心ない罵声を浴びることもあったし、女性だからこその苦労もあったようだ。

嫌韓デモとフリーハグ

僕がふたたびスヨンさんに会ったのは、２０１６年２月、彼女が大阪でフリーハグをする日のことだった。

スヨンさんは自分の活動をサポートしてくれるボランティアをＳＮＳで募り、グループで活動を行っていた。ボランティアは全国で１００人を数えていた。ボランティアに共通しているのは「日韓友好を願う思い」だ。僕も、大阪での撮影役を買って出ることにした。

合流してすぐに、スヨンさんは言った。

「今日、御堂筋で嫌韓デモが行われるらしいんです」

御堂筋は、大阪市中心部を縦断する、大阪を代表する目抜き通りだ。

「嫌韓デモ」は当時、東京の新大久保や神奈川の川崎、京都、大阪の鶴橋など、在日コリアンの多く住む街で多発していた。デモ隊は、韓国人に対する敵意に満ちた言葉を叫びながら行進する。それは「どうしてここまで露骨な言葉を叫べるのだろう」と我が耳を疑うほど攻撃的な言葉だ。

そんなデモが行われることを、僕らはその日の朝知った。スヨンさんにとっても、想定外のことだったようだ。

僕らは対応策を考えた。

「どうしようか」

「よりによって今日、嫌韓デモとはな」

「タイミングが悪いというか、なんというか……」

「インパクトのある映像が撮れるかもしれない」

「いや、そんなことを言っている場合じゃないよ。危ないって」

「確かにそうだけど、でも……」

「ほかの街での嫌韓デモ、ネットで見ただろ。もし取り囲まれたらヤバいよ」

スヨンさんは、僕らのやり取りをしばらく黙って聞いていた。そして、僕らのほうをまっすぐに見て言った。

「フリーハグは決行しましょう」

僕は、スヨンさんに聞き返した。

「ほんとうに大丈夫？」

スヨンさんは笑みを浮かべ、首を縦に振った。僕は彼女の固い決意を、このときに確信した。

グリコの看板が有名な、道頓堀の戎橋《えびすばし》。行き交うすべての人たちの目に入る場所に、

第10章

日本で韓国人フリーハガーを撮る日

彼女は立った。数十メートルうしろにある御堂筋の大通りから、けたたましいがなり声が近づいてくる。「嫌韓デモ」だ。

彼らが戎橋の隣の橋を通るタイミングで、スヨンさんはフリーハグを敢行することにした。こうすれば、画面の奥にデモ隊が映り込む。

ついに、デモ隊の姿が見えた。

スヨンさんは両手を広げた。その身には、韓国の伝統衣装であるチマチョゴリをまとっている。さらに、アイマスクで目隠しをしている。立てかけたボードには、日本の日の丸と、韓国の太極旗。スヨンさんはそこに、こんなメッセージを記していた。

私は韓国人です。
今日、隣の通りでは、ヘイトデモが行われています。
でも、私はあなたを信じます。
一緒にハグしませんか？

視界を奪われた彼女の背後では、怒りに満ちたシュプレヒコールが上がっている。その言葉は、スヨンさんの国である韓国を貶める言葉ばかりだ。

戎橋を歩く人々は、デモ隊とスヨンさんが重なるその異様な光景を、かたずをのんで見守っていた。

スヨンさんは、いつになく背筋を伸ばした。そして顔を上げ、両手を広げ続けた。

そのとき、ひとりの女性がまっすぐに両手を伸ばし、スヨンさんの胸に飛び込んだ。チマチョゴリの華やかな色が、道頓堀でひときわ目立っていた。

一瞬のできごとだった。

スヨンさんは目隠しをしたまま、笑顔を見せた。この日、フリーハグを始めて初めての笑顔だった。その抱擁はいつになく力強いもののように見えた。

そのあとも、ひとり、またひとりと、ハグをしてくれる人が現れた。

男性、女性、子ども、若い人、年取った人、日本人も、韓国人も。みんな同じように優しく明るい笑顔で、スヨンさんを抱きしめた。抱きしめるとき、みんなスヨンさんに、なにか言葉をかけていた。僕の場所からは聞こえないけれど、それが温かい言葉だということはわかった。

ハグは休みなく続いた。橋の広場には、スヨンさんと、スヨンさんをハグする人たち、それからハグを見守る人たちの輪が広がっていった。

僕の耳に届くのは、向こうの橋の上でがなり立てられている、怒りや憎しみに満ちた言葉ばかりだ。

でも大丈夫。スヨンさんの思いは、動画を通じて世界に伝わる。

僕は、戎橋の上に広がる平和の光景を、ただ黙って撮り続けた。

御堂筋で撮ったスヨンさんの動画は、ネットで公開するや否や、国内外でものすごい勢いで再生回数が増えていった。動画につくコメントは、ほとんどが好意的な言葉だった。韓国国内でも大手検索サイトＮＡＶＥＲがトップニュースで扱ったほか、放送局ＹＴＮも大々的に報じた。

スヨンさんの思いは、嫌韓デモを背景にすることで、いっそう強いメッセージとして、世界の人たちに伝わったのだ。

ただし、僕にはこんな非難の声も寄せられた。

「スヨンさんを、あんな危険な目に遭わせるなんて！」

以前京都でスヨンさんに一度ハグをしてくれた人が、スヨンさんの身を心配し、わざわざ大阪までやってきてくれたことも知った。スヨンさんのフリーハグの日程をＳＮＳでチェックしていたら御堂筋の嫌韓デモと日程が重なることに気付き、いてもたってもいられず飛んできたという。いろんな人たちに心配をかけてしまった。

でも、僕は信じたのだ。スヨンさんがあの日あのとき信じたなにかを。そして、僕がこれまでいろいろな国でもらった、温かいなにかを。

この御堂筋での経験は、僕のその後の活動の方向性を決める、重要な布石となった。

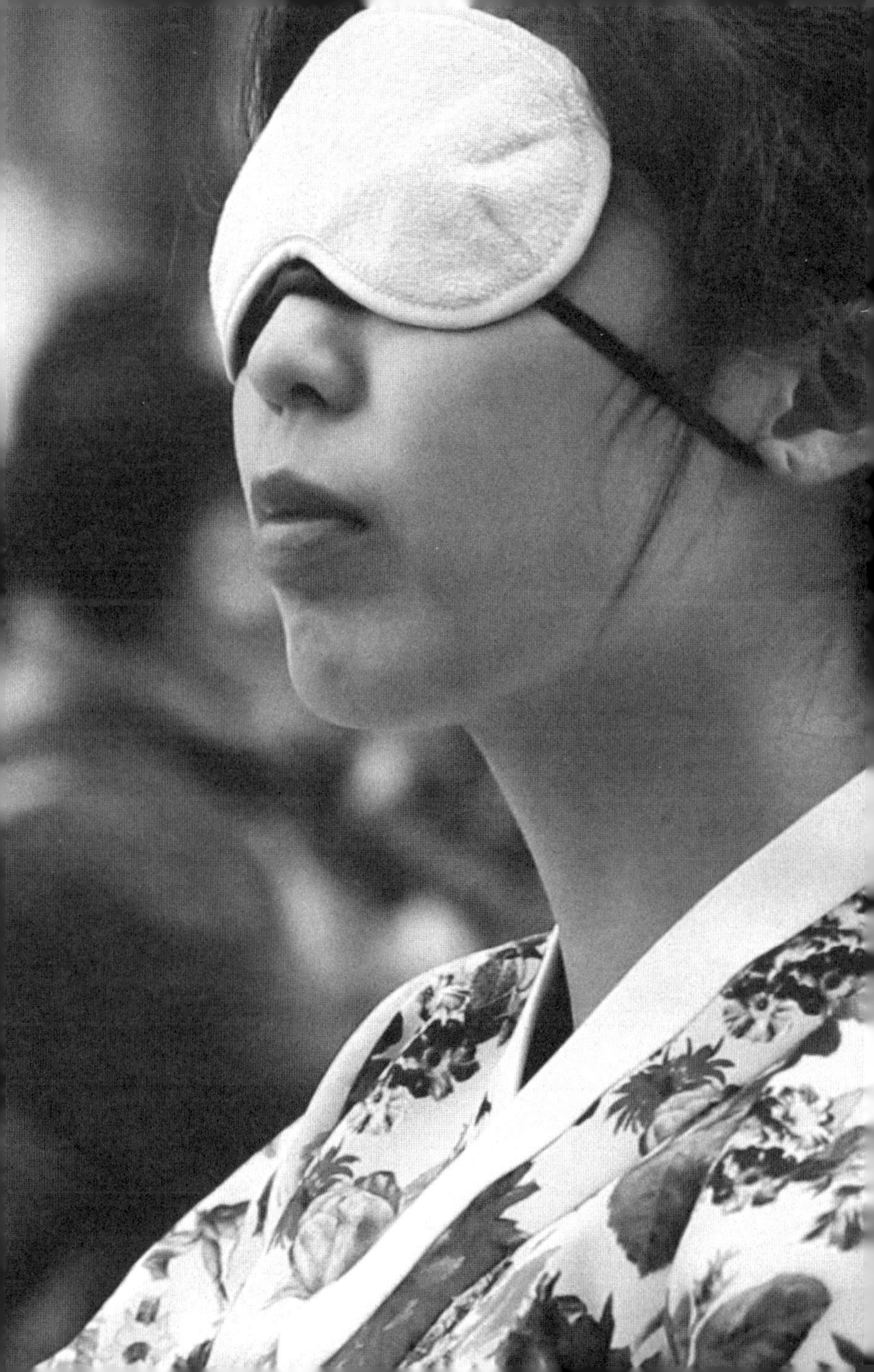

第11章

コロナ禍、そして世界5大陸への夢

神奈川／2020年～現在

KANAGAWA/
2020-present

みんなの支えで育った夢

２０２０年、新型コロナウイルスが世界を襲った。

僕のプランは全部吹き飛んだ。僕はそのとき「世界５大陸で平和のためのフリーハグをする」という計画を練っていたのだ。

それまでの僕の活動について、ザッと紹介しておこう。

ときは遡るが、２０１４年、フリーハグの活動を続けるためにリゾート地でアルバイトをしながら資金調達をしていたころ、僕はそのかたわらでクラウドファンディングに挑戦していた。

クラウドファンディングとは、ある目的、志などのため不特定多数の人から資金を集める活動のことだ。ネットで不特定多数の人々に資金提供を呼びかけ、必要とする金額が集まった時点でプロジェクトを実行する。ちなみに、こうした動きが始まったのは米国で、２００８年のことだそうだ。

リゾートバイトに明け暮れながら、僕は、それだけではできることに限界があると感じていた。また、僕自身の活動にどれだけの賛同や支援が集まるのかを試してみたい気持ちもあった。それで思い切ってクラウドファンディングをやってみることにしたのだ。

「東アジアの平和のために、フリーハグをしたい！」

こんなメッセージを掲げ、広く資金協力を募った。

最初は不安だった。ところが心配は杞憂に終わった。初めてのクラウドファンディングで、目標に設定していた以上の金額が集まったのだ。

おかげで僕は、この本で紹介した国だけでなく、モンゴルやマレーシア、シンガポール、インドネシア、タイ、ラオス、ミャンマー、インド、スリランカなど、アジア各国でフリーハグの活動をすることができた。そしてその活動のなかで、この僕が世の中に対してなにができるのか、自分がやりたいことはなんなのかが見えてきた。

学生時代に抱いていた「世界一周の冒険をしたい」という夢が、たくさんの人たちとの出会いや多くの支援のおかげで、大きくて、より具体的な夢へと育っていったのだ。

そして２０１９年、僕は再度クラウドファンディングにチャレンジすることにした。掲げたのは、「世界５大陸で平和のためにフリーハグしたい！」というメッセージだ。

これは、アジアを中心に活動していた僕にとって、これまでとは一線を画すビッグプロジェクトだった。

このプロジェクトには、僕のそれまでの活動を見て応援してくれていた人たちや、僕の考えに共感してくれる人たちが、じつに多くの支援を寄せてくれた。なかには応援や励ましの言葉をくれる人も多く、その思いや期待を目の当たりにして、胸が熱くなった。

この夢は、僕ひとりの夢じゃない。みんなでつくった夢だと思った。

僕の夢をはばむ、ふたつのこと

第11章

コロナ禍、そして世界5大陸への夢

２０１９年７月、僕は「世界５大陸フリーハグ」のスタートを切るつもりでフィリピンへ飛んだ。ところがそのころ、ＧＳＯＭＩＡの締結解除をめぐる問題が勃発。民間レベルでも日本製品の不買運動が起きるなど、日韓関係が一気に悪化した。

「桑原さん、日韓関係をなんとかしてください！」

ＳＮＳ上でも、実際に会った人たちからも、そんな声が多数寄せられた。

「僕だけじゃなにもできないよ……」

そう思いつつ、いてもたってもいられなかった。僕の頭のなかには、２０１６年に見た、大阪・御堂筋でのスヨンさんの姿が浮かんでいた。僕にできることがあるとすれば……。

僕は「世界５大陸フリーハグ」を早々に中断し、韓国・ソウルへ飛んだ。そのときのことは、この本の第１章で紹介したとおりだ。僕は、光化門で反・日本政府デモが繰り広げられるそのかたわらで、フリーハグを敢行した。

この動画は、その後大きな話題となった。

民放各局や大手新聞など、さまざまな媒体から取材の依頼が相次いだ。僕の動画を見てフリーハグをやりたいと言ってくれる人も増えたし、ハグとは別の形で国際友好の活動をしようという動きも広まった。

そんなわけで、僕は光化門でのフリーハグのあとは、取材対応のこともあり、日韓を行き来する日々を過ごしていた。


そしてさらに、コロナ禍が世界を襲った。

新型コロナウイルスの蔓延によって、日本だけでなく世界じゅうの国々が、事実上、国境を閉ざした。かつて経験したことのない、地球全体の危機だ。非常事態宣言が各国で出され、ロックダウンをする都市が続出。経済活動は著しく制限され、人と人との交流の自粛が求められた。

もちろん僕も、海を渡ることができなくなった。たくさんの人々の期待を乗せた僕のビッグプロジェクト「世界5大陸フリーハグ」は、有無を言わさず延期となった。

パスポートを片手に世界を飛び回ってきた僕にとって、この事態はまったくの想定外だった。世界に飛び立てなくなるなんて。みんなに会えなくなってしまうなんて。

それどころか、他人と体を寄せ合うハグなんて、接触感染のリスクを考えたらもってのほか！

最初はがっかりした。でも僕はすぐに気持ちを切り替えた。動けないときに「いま・ここ」で自分にできることをやる。それが、人生という冒険を充実させるための重要なポイントだ。そのことを、僕はもう知っている。

最初のフリーハグをソウルで始めてから10年。僕なりにさまざまな経験をして、たくさんのことを学び、考えてきた。その僕が、いま、この日本でできること。

答えはすぐに出た。

動画だ。人の心を動かすような動画をつくろう。

僕はこれまで、世界各国を飛び回り、そこに暮らす人々の「生の姿」を見たり、動画で配信したりすることに熱中してきた。

でもいっぽうで、自分なりに到達した考え方や見解について、自分の言葉でたくさんの人に伝えたいという気持ちも沸き起こっていた。それは、あちこち飛び回っている生活のなかでは難しく、むしろどこへも行けないいまだからこそ、じっくりと腰を据えてできることのような気がした。

いまの僕が伝えたいこと

そんなわけで僕はいま、「フリーハガー」というこれまでの肩書きのほかに、「動画クリエイター」という新たな肩書きを名乗り、社会問題をわかりやすく解きほぐして紹介する動画を配信している。

資本主義のこと、東日本大震災のこと、コロナウイルスのこと……扱うテーマはさまざまだけれど、通底しているメッセージはひとつ。それは次のようなことだ。

「なにかを知って、興味を持つ」という、

たったひとつの行為が、

だれかを救える可能性を広げる。

たとえばコロナ禍での貧困問題。従来の貧困問題とは性質の違う、いつだれに降りかかるかもしれない問題だ。テレビのニュースではなかなか取り上げられないが、僕が動画で伝えることで情報を得、興味を持つ人が増えてほしい。そうすれば、救われる人の数も増えるに違いない。

世界の政治情勢について取り扱うこともある。たとえば、２０２１年２月、それまで民主化を進めていたミャンマーが、一夜にして軍事政権に支配される国に変わってしまった。民主化を進める新政権に対し、軍事政権を維持したい旧政権がクーデターを起こしたのだ。僕は２０１７年に首都ヤンゴンでフリーハグをしてきたばかりだ。気さくでちょっとシャイで、でも興味津々に話しかけてくれた人たち。彼らがいまかかえている恐怖や怒り、苦しみを、多くの人が知り、興味を持ってくれれば、彼らを救う可能性も高まるかもしれない。

伝えたいことが、世界にはあふれている。僕は、その情報が世界でどう報じられて

なぜなら
MacBook Pro

いるか、歴史はどうだったか、今後の情勢がどうなるのかを調べ、自分なりに咀嚼して、自分の言葉で伝えている。そして、これらの動画を「人類ｖｓ．《ヴァーサス》シリーズ」と名付け、Ｆａｃｅｂｏｏｋで、週1回ペースで更新している。

フリーハグの動画では、「国と国とのあいだにどんな問題が横たわっていても、ひとりひとりの『人』の心は通い合う」というメッセージを伝えてきたけれど、そこに言葉は必要なかった。でも今度は、僕自身が、僕自身の言葉で、さまざまな社会問題を掘り起こし、世界じゅうの人たちに伝えていきたい。

この10年間で、動画編集の腕も多少上がってきたように思う。動画スタートから数秒間で、視聴者の心をつかむにはどうするか。視聴者を飽きさせず、興味を持ち続けてもらうには、どんな場面展開を心がければいいか。

カメラにまっすぐ語りかけるように視線を向け、僕はキャスター役として情報を伝えている。初めてフリーハグをしたときみたいに恥ずかしがっている暇はない。

人とのつながり、そしてこれから

僕のＦａｃｅｂｏｏｋのアカウントはいま、世界約16万７０００人もの人たちにフォローされている。フリーハグの動画で僕のことを知った人たちが、僕の新しい動画を待ってくれているのだ。これは、僕が10年間フリーハグの活動をしてきたことの成果であると同時に、僕のように人と人の心が通い合うことを信じている人が、こんなにたくさんいるのだということのあかしでもある思う。

「人類ｖｓ．シリーズ」をきっかけにして、新たに僕の動画を見てくれる人が増えた。見てくれる人の層が広がることで、いろいろな分野で活躍している人とのつながりもでき、そんな人に呼ばれてイベントや講演で自分の体験を話す機会も増えてきた。

人とのつながりといえば、僕が拠点にしている神奈川県・江ノ島のシェアハウスに住むことになったのも、フリーハグの動画がきっかけだ。動画を見たオーナーが、僕に「よければうちに住みませんか」と声をかけてくれたのだ。

僕はいま、ここで動画制作の活動を行っている。ここには役者の卵、ＤＪ、ダンサー、グラフィックデザイナーなど、クリエイターがたくさん暮らしていて、僕らはおたがいに刺激し合いながら、充実した「コロナ禍」の日々を過ごしている。

ここから、4、5分も歩けば、すぐに海へ出ることができる。広い世界とつながる海を眺めながら、僕はうずうずしてしまう。早く「世界5大陸の旅」へと飛び立ちたい。

どんな明日がやってくるのだろう。それは僕にはわからない。けれど確実なことがひとつある。「国と国がいがみ合っていても、人と人はつながれる」という事実、そしてこのことをたくさんの人に伝えたいという僕の気持ちだ。

どんな形になるとしても、「いまここで僕にできること」を考えながら、僕はこの大切なメッセージを伝え続けていく。

おわりに

僕がフリーハグを始めてから、10年になります。

「10年」を区切りにフリーハグをやめてしまおうかな、と思った時期もありました。でも、いまではちょっと考えが変わってきました。それは、10年経ってもまだ、新鮮な感動をもって受け止めてくれる人が、たくさんいるからです。

たとえば２０１９年のソウル光化門の動画を見た人が、「初めて『フリーハグ』というものを知りました！」と感動の声を寄せてくれます。新しい動画を配信すると、新しい出会いが増えるのです。

たとえ国と国とのあいだに軋轢があったとしても、

ひとりひとりの「人」の心は通い合う。

そして、そこから社会は変わるかもしれない。

このメッセージをさらに広く伝えていくために、フリーハグを続けていきたい。僕はいま、そんなふうに考えています。

では、どんなふうに続けていこうか。できればもっと自由に、もっと大胆に。世界じゅう、どんな場所でも、隣同士でいがみ合っている国や地域があれば駆け付けたい。そして第三者の僕がフリーハグをして、「人と人とはわかり合えるはずだ」と伝えていきたいです。

みなさん、この本を最後まで読んでくれてありがとうございます。

これが、僕のこれまでの人生です。

広い世界に憧れ、なにもわからないまま日本を飛び出し、僕なりに冒険をし、チャレンジをして、そしてフリーハグにたどり着きました。

もちろん、こうなることを計画していたわけではありません。失敗もたくさんありました。でも、この人生を選んだおかげで、いろいろな人との素晴らしい出会いがあり、学びがありました。そしていまの僕があります。僕はこの人生に満足しています。家族にも心配をかけたけれど、いまではみんな、笑って応援してくれています。

もしも、「この道しかない」と思い込んで人生を窮屈に感じている人がいたら、思い込みを捨て、やりたいことを見付けて、自分の好きなことを極めてください。そうすれば、ハッピーになる方法はきっと見付かります。

かつての僕のように「自分なんか……」「人生がつまらない」なんて思っている若い人には、「きみにはきみにしかできないことが、きっとあるよ」と伝えたいです。

僕の大学時代の先生は「人生が流されてしまわないように、行動を起こして『杭』を打て」と教えてくれました。思い切った行動が人生における杭となり、杭と杭が結ばれて線となり、最終的にはそれが自分だけの道になります。いつかちゃんとつながっていくのです。そして、その舞台はもしかしたら、日本ではなく世界かもしれません。

どうしようもなく人生がイヤになったり、暗闇のどん底に陥ってしまったりしたときは、思い切ってフリーハグをやってみてください。フリーハグをやってみると「何者にもならなくても、なにも持っていなくても、そのままの自分で十分に価値がある」と実感できると思うから。

人生は一度きりです。でも、一本道ではありません。

この先、たとえば10年後、僕がどうなっているかはわかりません。いよいよ教師になっているかもしれないし、まだ行ったことのない国でフリーハグをしているかもしれません。確かなのは、僕は自由に道を選び、きっとまた変化して、その道を一生懸命生きているということです。

僕だけでなくみなさんの目の前にも、あらゆる選択肢が広がっています。

みなさんが自分の道へ自由に飛び立つことを、僕は心から願っています。

2021年3月　桑原 功一

著者紹介

桑原功一(くわばら・こういち)

1984年、群馬県生まれ。外国への差別や偏見をなくすために「フリーハグ」を世界中で続けている、日本を代表するフリーハガー。2011年、韓国の首都ソウルで初めて行ったフリーハグの動画「日本人が韓国でフリーハグをしてみた」が世界の注目を浴び、100万回再生を突破。以来、世界各国でフリーハグ活動を続けている。東京大学、民間企業、高校などから依頼を受け、全国で講演を開催。TBSの「あさチャン!」やフジテレビの「めざましテレビ」、NHK「ひとモノガタリ」、朝日新聞、ジャパンタイムズ、AERAなどメディアへの出演、掲載も多数。

YouTube「くわまんTV」
https://www.youtube.com/user/FreeHugsforPeace01

ブックデザイン	西垂水 敦・市川さつき(krran)
撮影(装丁・第11章)	有村 蓮(d'arc)
写真提供	桑原功一
編集協力	加賀直樹
編集	小菅由美子(日本図書センター)
企画	日本図書センター

フリーハグ!

2021年5月25日　初版第1刷発行

著　者　桑原功一
発行者　高野総太
発行所　株式会社日本図書センター
〒112-0012　東京都文京区大塚3-8-2
電話　営業部　03-3947-9387
出版部　03-3945-6448
http://www.nihontosho.co.jp
印刷・製本　図書印刷 株式会社

ISBN978-4-284-20499-6 C0036

FREE HUGS!